裏切りは恋への序奏

愁堂れな

幻冬舎ルチル文庫

CONTENTS ✦目次✦

裏切りは恋への序奏

✦カバーデザイン＝高津深春（CoCo.Design）
✦ブックデザイン＝まるか工房

イラスト・サマミヤアカザ✦

裏切りは恋への序奏

プロローグ

文書作成にはマニュアルがある。大抵の場合フォーマットが決まっていて、それにケースバイケースで加筆修正を行えば済むようになっている。便利なものだと思うが、さすがにこれから俺が書こうとしている『遺書』のフォーマットは世間的にもないようだ。

こんなふざけた物言いでは、本気で『遺書』を書こうとしているのかとお叱《しか》りを受けるかもしれない。死ぬつもりの人間が、ぐだぐだと何を理屈をこねているのだと呆《あき》れられるかもしれない。

死ぬつもりの人間――まさに今、俺は自ら命を絶とうとしている。死に直面すると人はもっと真摯《しんし》な気持ちになるものかと思っていたが、俺に限っては違ったらしい。妙にサバサバした気分だ。生への執着が失《う》せた時点で、死への恐怖がなくなった。幸いなことに両親は既に他界している。俺の死を悼《いた》んでくれる人間は多分いるだろうが、哀《かな》しむ人間は数少ない友人くらいだろう。

彼もきっと――建前上は悼んではくれるだろうが、哀しむかどうかは甚《はなは》だ疑問だ。

だから俺は死のうとしているというわけでは勿論《もちろん》ないのだけれど。

俺の死を哀しんでくれる数少ない友人に宛てて遺書を書こうか。

それとも建前上、悼んでくれる彼宛にしようか。俺の遺書を必要としている彼に、必要となる遺書を書くことにするか。


『遺書』


一行目にこう書いたきり、一文字も進まない便箋《びんせん》を前に、俺はさっきから三十分は座っている。

さすがにワープロで書くのは味気ないかと思い便箋を取り出してはみたものの、慣れぬことはしない方がいいというわけか。

いや――多分俺は、迷っているのだ。

勿論死ぬことに、ではない。死ぬ覚悟はとっくの昔にできている。

俺が悩んでいるのは遺書の文面についてだった。


『愛しています』

その一言を添えようかやめようか——形の上でしか弔意《ちょうい》を示してくれない彼に、あなたへの愛ゆえ死んでゆくのだと告げるべきか否かを。

告げたところで、なんの感慨も覚えないであろう相手であるというのに、未だに俺はペンを執れずにいる。

心を許した友に残す言葉を書き記すでもなく、ただただ白い便箋を見つめている。

『愛しています』

己の書き記す幻の文字をそこに思い浮かべながら——。

1

なんというか、印象的な女性だった。

指定された赤坂《あかさか》エクセルホテル東急《とうきゅう》の最上階のバーに入った途端目に飛び込んできた、まるで外国人モデルのような美貌《びぼう》の彼女に僕の目は釘付けになっていた。

「お客様？」

カウンターに案内してくれたボーイに不審そうな声を出されて初めて、僕は自分が口をあんぐり開けてその女性を眺めてしまっていたことに気づいた。

「し、失礼」

慌てて案内されたスツールに座る。

「いらっしゃいませ」

バーテンがメニューを渡してくれながら、ちらと僕を見、続いて僕を案内してきたボーイを見る。

「お待ち合わせだそうです。先ほどお電話があった姫井《ひめい》様と」

「わかりました」

バーテンの顔に愛想笑いが浮かび、僕の前でメニューを開いた。こういった扱いを受けることは珍しくないが、あまり気分のいいものじゃない。

「ハーパーの水割りをダブルで。チェイサーもください」

「かしこまりました」

本当はアルコールには弱いのだが、『ダブル』などと言ってしまったのは彼らの僕への扱いのせいだった。バーテンもボーイも、僕を未成年だと思っているというのがありありとその顔からわかったからだ。

もともと自覚はあったが、就職活動を始めてみて、僕は自分がいかに童顔であるかを嫌というほど思い知らされた。

「本当に大学生……ですか？」

何人の面接官にそう尋ねられ、何人に『営業は押しの強さが勝負ですので、ちょっと』と断られてきたか、数えきれないくらいである。

「若く見られるくらいがなんだ」

就職戦線に敗退しまくっていた僕を見るに見かねて、叔父《おじ》が自分の勤める建設会社を紹介してくれた。語学もできず頭も人並み、私大文系しかもサークル所属の僕は、下手をすると就職浪人の憂き目に遭うところだった。それを救ってくれた叔父には感謝してもしきれないものがある。

今日、僕はその叔父に突然頼まれ、こうして滅多に足を踏み入れることのないホテルのバーに来ているのだった。三十分ほど前に叔父から、机の中に入っている封筒をこのバーで待ち合わせをしている姫井という男に渡してほしい、という電話があったのだ。

『ちょっと今、手が離せなくてね』

やけに遠くに聞こえる電話の声に、今どこで何をしているのかと尋ねかけたのだが、叔父は余程忙しかったのか言いたいことだけを言うとすぐに『それじゃ、頼んだよ』と電話を切ってしまった。入社して半年、未だに叔父には世話をかけるばかりで仕事らしい仕事ができるレベルにまで達していない僕は、ここぞとばかりにはりきり、言われた封筒を手にバーを訪れたというわけだった。

待ち合わせの『姫井』はまだ来ていないようだった。

「お待たせしました」

バーテンが僕の前にチェイサーとダブルのバーボンを置く。

「ありがとう」

思った以上に濃いグラスの中身を透かしてみたあと、ぺろ、と舐《な》めてみた僕は、口の中がカッと焼け付くように熱くなったのに驚きグラスをテーブルへと下ろした。慌ててチェイサーの水を飲む。バーボンのダブルは酒好きの叔父がいつもバーで頼む酒だったのだが、やはり僕には濃すぎたようだ。無理はするもんじゃない、と肩を竦《すく》め、また水を一口飲んだ僕の耳に、くすり、という笑い声が響いてきて、僕は思わずその声の方へ視線を向けた。

「……失礼」

にっこりと目を細めて微笑《ほほえ》んできたのはなんと、先ほど僕が見惚《みと》れてしまった美女だった。

「い、いえ……」

僕に話しかけてきたんだよな、と、思わず周囲を見回したあと、ぶんぶんと首を横に振った僕を見て、美女はまた、くすり、と紅《あか》い唇の端を綺麗《きれい》に上げて微笑んだ。

「お一人ですの？」

「い、いえ、待ち合わせで……」

思いのほかハスキーな声だった。『セクシーな声』というのは、まさにこういう声をいうのだろうと思う僕の頭にカッと血が上ってゆく。

「待ち人は？　そろそろいらっしゃるのかしら」

「た、たぶん……」

「そう、残念ですわ」

二つ席を空けて座っていた美女が、本当に残念そうに綺麗に整えた眉《まゆ》を顰《ひそ》めて僕に微笑みかけてくる。

「ざ、残念って……」

「もう少しあなたとゆっくり、お話しさせていただきたかったのに」

肩を竦める仕草も絵になるところを見ると、本当にモデルか何かかもしれない。滅多に見ないほどの整った容姿と、スツールに座っているからはっきりとはわからないが、それこそショーモデルばりの長身をしている彼女の姿に、僕はもう緊張しまくってしまいあわあわと言葉にならない相槌《あいづち》しか打てなくなっていた。

と、そのとき、

「あの、金城《かねしろ》建設の竹内《たけうち》さんでいらっしゃいますか？」

「は、はいっ」

不意に後ろから声をかけられ、慌てて振り返った拍子に僕はスツールから転がり落ちそうになってしまった。

「大丈夫ですか？」

がし、と僕の腕を摑《つか》んで椅子に引き戻してくれたのは、どうやら僕が待っていた約束の男『姫井』のようだった。

「すみません、姫井さんですか？」

「はい、遅くなり申し訳ありませんでした」

僕に頭を下げたあと、隣のスツールに腰をかけた男の顔に、またも僕はぼーっと見惚れてしまった。というのもこの姫井という男がまた、滅多に見ないほどの美青年だったからである。

叔父の待ち合わせ相手だというので、僕は勝手に叔父と同年代の四十代後半の男を想像していたが、姫井はどうみても三十そこそこ、下手したら二十代に見えた。

『端整』としか言いようのないくらいに整った顔である。モデルか芸能人か、というよりは、なんというかまさに作り物のような美貌だった。西洋の骨董《こっとう》人形——たしかビスクドールといっただろうか——が成人したようなイメージを抱《いだ》かせるのは、彼の肌の美しさと、煌《きらめ》く星を湛《たた》えた綺麗な瞳のせいかもしれなかった。

ついつい手を伸ばしたくなる誘惑を抱かせる白い肌だった。バーの薄暗い灯《あか》りの下では特に、彼の肌の白さは際立って見えた。印象的な瞳にすっと通った鼻筋、紅く色づく唇と、百人の人間がそれぞれに彼を描写したら、ほぼ全員が『美青年』と答えるのではないかというほど整った顔をした若者の素性を僕はまるで知らなかった。

「ご足労いただきまして恐縮です。竹内課長にはいつも何かとお世話になっています」

礼儀正しいという言葉では足りないほどの腰の低さや丁寧な口調は、『秘書』という役職を僕の頭に思い浮かばせたのだが、日頃観察眼がなさすぎると言われ続けている僕にしては珍しくその予想は当たったようだった。差し出してきた名刺には『飯塚卓《いいづかすぐる》事務所　秘書　姫井宏次《こうじ》』とある。

飯塚卓——世情に疎い僕でも聞き覚えがある、有名な国会議員の名前だった。短期間ではあったが、確か一度大臣に任命されたこともあったように思う。

「は、はじめまして」

僕も名刺入れから名刺を出すと、姫井に差し出した。

「竹内智彦《ともひこ》さん……竹内課長の甥《おい》ごさんでいらっしゃるとか」

「はい」

「課長は急用とのことでしたが、ご出張か何かでしょうか？」

「さあ……」

首を傾《かし》げた僕を見て、姫井は僕を『子供の使い』と思ったらしかった——まあ、自分でも『子供の使い』以外の何者でもないとは思うけれど。

「それではお約束のものを」

注文を聞きにきたバーテンを『マルガリータ』と言って追い払ったあと、姫井は心持ち声を潜めて僕に囁《ささや》いてきた。

「あ、はい」

綺麗な顔を近くに寄せられ、思わずどき、としてしまったが、別に僕にはそっちの気《け》はない。慌てて鞄《かばん》の中から分厚い封筒を取り出し姫井に手渡すと、姫井は軽く重さを量るような素振りをし、

「ありがとうございます」

にっこり微笑み、持っていた鞄に封筒を入れた。

と、その瞬間、どこから現れたのか、いきなり数名の男たちがカウンターに駆け寄ってきて、僕は何が起こっているのかとぎょっとし男たちを振り返った。

「姫井宏次だな」

いかつい顔をした中年の男がドスの利いた声を出し、姫井の腕を取ろうとする。

「君は？　金城建設の社員か？」

「はい？」

逆サイドから僕の腕を摑んできた、目つきの悪い背の高い男に、僕はわけもわからず頷《うなず》いた。

「今、鞄にしまったものを見せてもらおうか」

姫井の鞄にいかつい中年男の手がかかる。と、そのとき姫井は男の手を払いのけ、鞄を抱えて駆け出した。

「おいっ！　待てっ」

いきなりの姫井の行動は男たちを驚かせたようで、慌ててあとを追ってゆく。僕もわけがわからないながらも、逃げなきゃいけないような気持ちになり、男の腕を振り払おうとしたのだが、彼の手は緩まなかった。

「逃げるなよ」

「一体なんなんです？」

バーテンも客も、何が起こっているのかわからず遠巻きに僕と、僕の腕を摑んでいる長身の男を見つめている。と、姫井を追っていった男たちが数名店内に戻ってきて、僕の腕を摑んでいる男に首を横に振ってみせた。

「駄目です。逃《のが》しました」

「馬鹿野郎！　すぐ本部に連絡。非常線を張れ」

恫喝《どうかつ》する声が店内に響き渡る。

本部？　非常線？　まるで刑事ドラマみたいじゃないか、と僕が思ったのと同時に、男が僕に向かって手帳を示して見せた。

「警察だ。贈賄の現行犯で逮捕する」

「ええー？？？」

贈賄って確か、賄賂《わいろ》を贈るという意味だよな、などと確認を取る暇はなかった。姫井を逃した今、僕だけは逃がすまいとでもいうのか、屈強な男たちに両腕を取られ、まるであの『アメリカ人に連行される宇宙人』の図さながら、僕はバーから連れ出されてしまったのだった。

店内にいた皆が驚きと好奇心で瞳を輝かせて僕たちの姿を見送っている。呆然《ぼうぜん》としながらも、余程印象に残っていたからだろうか、僕は思わずカウンターにいた美女の姿を彼らの中に捜してしまったのだが、いつの間に帰ってしまったのか、あれだけ目立つはずの彼女は店内のどこにもいないようだった。

僕が引っ張られていった先は新宿《しんじゅく》東《ひがし》署だった。いきなり取調室に連れ込まれたあと、住所氏名年齢など、あらゆることを聞かれたが、それでもまだ僕には自分が『現行犯逮捕』されたという実感はなかった。

「お前が姫井に金を渡したところは、我々皆が目撃しているから」

言い逃れはできない、という目つきの悪い男——松本《まつもと》という刑事だと自己紹介された——に、まったくなんのことかわからなかった僕は、

「金??」

と素《す》っ頓狂《とんきょう》な声を上げてしまったのだが、途端にバンッと机を物凄《ものすご》い勢いで叩かれ、ぎょっとして言葉を失った。

「とぼけんなよ？　渡してただろうが、白い封筒を」

「ああ……」

確かに渡した。やけに分厚い封筒だと思ったけれど、と首を捻《ひね》ったところで、アレが『金』だったのかと初めて僕は思い当たった。

「金???」

言われてみればちょうど札束が入っているような大きさの分厚い封筒だった。厳重にセロテープで封がしてあり、僕は中身を確かめなかったのだ。まさかあれが金だったとは、とい

う思いからまた僕は素っ頓狂な声を上げたのだが、それが更に松本刑事の心証を悪くしたらしい。彼は僕がすっとぼけようとしているという先入観を抱いてしまったようだった。

「ふざけるなよ？　一体いくら渡したんだ？　正直に言ってみろ」

「ちょ、ちょっと待ってください」

「いや、待てないっ！　とっとと吐いちまえ！」

バンバンと机を乱暴に叩く彼の剣幕に押されっぱなしの僕は、言語障害でも起こしてるかのように喋《しゃべ》れなくなってしまったのだが、それが『真実を隠そうとしている』と思われたらしく、ますます彼の追及は厳しくなっていった。

「いくらだって聞いてんだよ。いつから渡してた？　誰の命令だ？」

「わ、わかりません……」

「わからねえじゃねえだろうっ」

刑事ドラマでよく見るように、スタンドを顔に突きつけられることまではさすがにされなかったが、バンバンと勢いよく叩かれる机の音に僕はすっかり竦んでしまい、満足に話すこともできない有り様だった。

それでも人間、耐性ができるようで、三時間ほどして松本刑事の怒声に慣れた頃、僕はようやく自分の置かれている状況を遅まきながら把握したのだった。

どうやら僕の会社、金城建設は姫井秘書を通じて建設関係に強い飯塚代議士に賄賂を渡していたらしい。いつも金の受け渡しは、なんと僕の叔父、竹内総務課長が行っていたとのことで、東京《とうきょう》地検が捜査を進めていたのだという。

　そして今日、その金の受け渡しがあるという情報を得た地検は所轄の刑事を連れ、現行犯逮捕に踏み切ったらしいのだが、その『事情』がわかったとき僕は、

「そんな馬鹿な」

　と驚きの声を上げてしまい、また松本刑事に怒鳴りつけられたのだった。

「何が『馬鹿』だ！　贈賄罪が犯罪だっていう自覚がねえのかっ」

「い、いや、そうじゃなくて……」

　勿論僕だって贈賄が罪になることくらいは常識として知っている。が、そんな『犯罪』に叔父がかかわっているとはとても信じられなかったのだ。

「あの、本当に叔父がかかわってるんでしょうか」

「まだとぼけるかっ」

「と、とぼけてるんじゃなくて……」

　なかなか話を聞き出すことはできなかったが、検察や警察がずっと叔父に目をつけていた、ということは彼の口調から読み取れた。

「一体、竹内光雄《みつお》はどこにいるんだ？」

　僕からはさっぱり話が聞けないことがわかると、警察は今度は僕が叔父の行方《ゆくえ》を知ってい

るのではないかとそれを追及し始めた。

「わかりません……」

どうやら叔父は行方をくらましているようである。癌《がん》で早くに妻を亡くした叔父は子供もなく一人暮らしをしていたのだが、会社にも出ておらず家に帰った形跡もないらしかった。

「心当たりはないのか？」

「心当たり、と言われても……」

最後に受けた電話のことも警察は根掘り葉掘り僕に聞いてきたが、何を聞かれても「わからない」としか答えようがなかった。

結局僕は「一晩泊まってけ」と留置所に泊められ、翌日も一日取り調べを受けることになったのだが、取り調べ時間数延べ十五時間を経てようやく刑事たちは僕が何も知らないということを納得してくれたようだった。その日の夜も遅くなってからやっと僕は、

「帰ってよし」

というお許しをもらい、一人新宿東署をあとにすることになった。

まったく何がなんだかわからない。まずは叔父に連絡を取ろうと、警察を出た途端に僕は叔父の携帯と家に電話を入れたのだが、両方とも留守番電話になってしまっていた。叔父の家にいってみるか——その前に、寮でシャワーを浴びるか。

留置所はトイレ付きではあったが風呂は当然なかった。一晩とはいえ風呂に入らないのは

気持ちが悪いと、先に僕は今住んでいる独身寮に戻ることにし一歩を踏み出そうとしたのだが、そのときぬっと物陰から姿を現した長身の男が僕の行く手を塞《ふさ》いだ。

「な」

真っ黒なシルエットにしか見えなかったその人物に、僕はぎょっとし数歩下がってしまったのだが、足がもつれて後ろへと倒れ込みそうになった。

「危ない」

低い、掠《かす》れた声がしたと同時に目の前の影が動いた。長い手が伸びてきて僕の両腕を摑み、身体《からだ》を支えてくれたのだ。

「す、すみません」

「いや、大丈夫？」

胸に抱き寄せられるような体勢になってしまったおかげで、その人物の顔が僕の視界に飛び込んできた。

「……………」

長身の男だった。年齢は二十代後半か——それとも三十歳くらいか。レザーの上着と古ぼけたジーンズの彼の姿はまるで雑誌の広告から抜け出してきたかのような印象を抱かせた。

昨日からやたらと容姿の整った男女に出会うな、とくだらないことを考えていた僕は、目の前の男に、

「どうしたの？」

と微笑まれ、はっと我に返った。

「すみません」

慌てて体勢を立て直すと男の手が僕の腕から引いていった。

「失礼しました」

会釈をして通り過ぎようとした僕の背に、男の声が響く。

「竹内智彦君だよね」

「はい？」

なぜに僕の名を知っているのだ、と肩越しに振り返ると、男はにっこり笑って僕へと歩み寄ってきた。

「酷《ひど》い目に遭ったね。大丈夫かい？」

「あの？？」

確かにわけもわからず警察の取り調べを受け、留置所にまで泊められたのは『酷い目』だったけれど、そのことを言っているのだろうかと眉を顰めた僕を仰天させるようなことを、男は更に言ってきた。

「叔父さんが行方不明だそうだけれど」

「なんだって？」

どうしてそんなことを知っているのだ、と思わず僕は男に駆け寄り、端整という言葉では足りないほどの整った顔をまじまじと見上げてしまった。

「ん？」

「あなた、一体誰なんです？」

やはりどう見ても見覚えのない男だ。なのになぜ彼は僕の名前どころか今置かれている状況までをも知っているのだ、と勢い込んで尋ねた僕に、男はまたにっこりと、見惚れるような微笑を浮かべてみせた。

「失敬。驚かせてしまったね」

そうして内ポケットから名刺入れを取り出し、僕に一枚手渡してくる。

「『私立探偵　鮎川賢《あゆかわまさる》』……た、探偵？」

街灯に照らされた名刺の肩書きを見て、生まれて初めて『私立探偵』などという業種の人物に会ったと僕は驚きの声を上げたのだったが、驚きはそれだけに留《とど》まらなかった。

「何か君の力になれないかと思ってね。贈賄の疑いをかけられているんだろう？」

「ど、どうしてそれを知ってるんです？」

『鮎川賢』という名前と職業はわかったが、僕のことに詳しい理由は未だわからないままである。だいたい『私立探偵』という職業からして怪しい、と思いながら尋ね返した僕に、男は目を細めるようにして微笑んだ。

「君が現行犯逮捕されたバーに、偶然僕も居合わせたんだよ」

「あのバーに？」

ざっと記憶を辿《たど》ってみたが、あの場に鮎川がいた覚えは少しもなかった。客の一人一人を覚えているわけじゃないが、これほどの長身、これほどのハンサムなら印象に残っていてもいいはずだ。

まあ、あのときは突然の警察の乱入に驚き、周囲を見回す余裕はなかったので、気づかなかっただけだろうかと考えを巡らせていた僕に、何を思ったのか目の前の鮎川は屈《かが》み込み、近く顔を寄せて囁きかけてきた。

「『お一人ですの？』」

「……え？」

聞き覚えのあるハスキーボイス――確かこの言葉は、あのバーのカウンターでモデルばりの美女が僕に声をかけてきたときの台詞《せりふ》じゃなかったか？

「思い出してくれたようだね」

「思い出すって……え？　ええ？？」

男にしては長めの頭髪をかき上げ僕に向かって微笑んだその顔は――確かに、昨夜の美女を彷彿《ほうふつ》とさせるものがあった。

「……ま、まさか……」

「そう、あのとき君に声をかけた女は……僕なんだ」

「ええー???」

信じられない——あまりの驚きに僕が上げた絶叫が新宿東署に面した道路に響き渡った。

2

あれから僕は「話を聞きたい」という鮎川の申し出を振り切り、やってきたタクシーに飛び乗って叔父の家へと向かった。会社の寮より叔父の家の方が新宿から近かったからだ。

探偵――ミステリーは僕も嫌いじゃないし、テレビの二時間ドラマもよく見ているが、今時はドラマだって、探偵が変装するなんてベタなシチュエーションには滅多にお目にかからないぞ、と思いながら僕は、夜の闇《やみ》の中を疾走するタクシーの窓ガラスの外、鮎川探偵の顔を思い浮かべていた。

『お一人ですの？』

あの声、あの仕草、そして何より整いまくったあの顔は、言われてみれば鮎川探偵そのものだった。だがあの美女は『オカマ』にはとても見えなかった。正真正銘、どこからどう見ても女、それも極上の女だったが、そんなふうに『変装』することは可能なんだろうか。

あの鮎川探偵、とても『華奢《きゃしゃ》』には見えなかったが、あの美女は決してごつくはなかった。本当にあのバーの美女は鮎川探偵の変装なのか、もしかしたらからかわれただけなんじゃないか、などと考えているうちにタクシーは叔父の住む新中野《しんなかの》のマンションに到着した。

いけないいけない、今はわけのわからない探偵のことにかまけている暇はないのだ。本当に叔父は行方不明なのか、何より叔父は『贈賄』にかかわっているのか、それをまず究明しなければと思いながら建物内に入ろうとした僕の目の端に、二、三名の男たちの姿が過《よぎ》った。

「………」

厳しい顔をして物陰から僕を睨《にら》むように見つめているのは、どうやら刑事たちらしかった。叔父を見張っていることを僕に隠す気はないらしい。職務質問でもされたら面倒だと僕は彼らに気づかないふりをし、叔父から預かっていたキーでオートロックを開けた。

実は僕は大学を出るまで、叔父のこのマンションに同居させてもらっていた。

僕の両親は僕が十歳のときに相次いで病気で亡くなった。叔父は父の弟で、叔父夫婦は当時結婚十年目だったが子供に恵まれていなかった。それで僕を引き取り、実の子のように育ててくれたのだ。

僕を引き取って一年後に叔父の妻――叔母《おば》さんが癌で亡くなった。

「天涯孤独同士だ。これからは二人で寄り添って生きていこうな」

妻を亡くした哀しみに、目を真っ赤に泣き腫らしながらも叔父は僕を抱き締め、その後も実の子でもない僕の面倒を本当によくみてくれた。

当時はバブル絶頂期で叔父は忙しい毎日を送っていた。叔父にとって小学生の子供の世話を焼くことは負担でしかなかっただろうに、朝早く起きて弁当を作ってくれたり、休日にある学校行事には僕が寂しい思いをしないようにと必ず来てくれたりと、本当に実の子のように僕を慈しみ、育ててくれたのだった。

入社したあと寮に入ることを勧めてくれたのは叔父だった。

「同期の友人ができるから、寮はいいよ」

理由をそう説明していたが、実は叔父は、自分と住んでいることで僕が同期の面々から『縁故入社だ』と陰口を叩かれるのではないかと心配してくれていたらしい。

僕にとっては感謝してもしきれないほどの恩人である叔父は、正義感の強い立派な人だった。曲がったことが大嫌いで、子供の頃、僕が叱責《しっせき》を恐れて嘘でもつこうものなら、その『嘘』を責め僕を殴った。

「人に恥じるような生き方をしちゃいけない」

普段は温和なのに、そういう指導は厳しい人だった。まさに清廉潔白《せいれんけっぱく》、道徳と倫理に何より重きを置く叔父が『贈賄』になどかかわっているわけがない。絶対に何かの間違いだとマンションのドアに鍵を差し込もうとしたとき、

「すみません」

いきなり後ろから肩を摑まれ、僕はぎょっとして振り返り——なんだ、と顔を顰《しか》めた。

その場に立っていたのは僕を取り調べた松本刑事だったのだ。

「はい？」

「申し訳ありませんがね、中を見せていただくことはできますか？」

「…………」

わざとらしい慇懃《いんぎん》な口調と、探るような目つきが僕の癇《かん》に障った。多分彼らはまだ令状が取れていないのだろう。叔父を疑っているような警察に誰が見せるか、と僕はじろりと松本刑事を睨み返した。

「令状があるなら見せてください」

「令状はまだありません」

しれっとそう言いきった松本刑事は、僕を完全になめきっているようだった。

「それでしたらお断りします」

言い捨て、部屋に入ろうとしたのだがしっとドアを摑まれ、閉じられなくなった。

「何をするんです」

「本当に竹内光雄の行き先に心当たりはねえのかな？」

「……ありません」

よく見るとこの松本という刑事もひどく整った顔をしていた。目つきの悪さと口調の乱暴さのおかげで、僕は彼の端麗な容姿に気づかなかったのだ。

「隠し事はしない方がいいぜ」

「知らないものは知りません。手を離してください」

顔の造作はこの際関係なく、僕はこの松本刑事にむかついていた。叔父をはじめから犯罪者扱いしているところからして気に食わない。

「こういう無茶な捜査って、警察はしちゃいけないんじゃなかったでしたっけ？　訴えますよ」

「訴えるってどこに訴えるのか、坊やはわかってるのかねえ」

にやりと笑った松本の口調も顔も、僕を馬鹿にしきっていた。カッとなった僕は彼に食ってかかろうとしたのだが、直前でそれが松本の狙《ねら》いなんじゃないかと気づいた。

「部屋を見せる気はありません！」

相手にしては負けだと僕はドアを摑んだ松本の手を外させると、バンッと勢いよくドアを閉めて鍵をかけ、ついでにチェーンも下ろした。まったくむかつく、と思いながら、もしや叔父が中に潜んでいるのではとも思い、無人のリビングを突っ切り、叔父の寝室へと向かった。

「叔父さん？」

ドアを開いたが、中はやはり無人だった。几帳面《きちょうめん》な叔父らしく、綺麗に片付いた部屋は僕がここを出たときと殆《ほとん》ど変わってはいなかった。

僕に割り当ててくれていた部屋も、叔父は手付かずで残してくれていた。その部屋にも、風呂や洗面所にも叔父の姿はないだけでなく、新聞の溜《た》まり具合から、叔父は少なくとも二日間、ここには帰っていないようだと僕は思った。

リビングも叔父が書斎として使っている部屋も綺麗に片付いていて、叔父が今どこにいるのか、ヒントを与えてくれるようなものは何も残されていなかった。ただ、叔父が旅行に行くときにいつも持っていた鞄が残っていることで、僕は叔父がいわゆる『高飛びをした』とはますます思えなくなった。箪笥《たんす》の中を見てみたが、衣服が持ち出された気配もない。

そうなると途端に僕は、叔父の所在が気になって仕方なくなってきた。犯罪にかかわっているとはとても思えなかったが、姿を消しているのは事実である。

叔父は一体どこにいるのか——あのとき叔父は一体どこから電話をくれたのか、と、なぜか酷く遠くに聞こえた叔父との電話を思い起こしていた僕は、不意に室内に鳴り響いたドアチャイムの音にはっと我に返った。

「叔父さん？」

玄関へと駆け戻った僕は、確かめる間も惜しみ、ドアチェーンを外してドアを大きく開いたのだったが——。

「…………」

ドアの外に立っていたのは叔父ではなかった。僕の目の前に『捜査令状』と書かれた紙をかざして見せているのは松本刑事だった。

「令状が今取れましたのでね。調べさせてもらいますよ」

「……どうぞ」

勝ち誇ったような松本の顔に、喉元《のどもと》まで悪態が込み上げてきたが、ここで彼に摑みかかっていったところで事態は好転するものではなかった。下手をしたら公務執行妨害などと言われてまた署に連れ戻されるかもしれない。僕はしぶしぶドアを大きく開き、松本が従えた三人の刑事たちを部屋の中へと招き入れた。

僕が何も見つけることができなかったように、松本も、連れの刑事たちも叔父の行方を示すようなものを見つけることができなかったようだ。

「何か連絡があったらすぐに知らせるように」

忌々しそうに舌打ちしたあと、松本は僕にそう言いおき、刑事たちを引き連れ部屋を出ていった。彼が陣頭指揮を執っている様子に、若く見えるが階級は一番上なのかもしれないな、などとどうでもいいことを考えながら、僕は叔父へと想いを馳《は》せた。

一体どこに行ってしまったのだろう——叔父が身を寄せる可能性のある場所を僕はあれこれと考えたのだが、親戚らしい親戚も思いつかず、また、叔父が普段仲良くしていた友人は誰かいなかったかと思い出そうとしても、これ、という人物は浮かばなかった。

叔父は真面目すぎるというか、仕事一本やりの男だった。学生時代は休みの日は家にいることが多く、友人と旅行に出ることなど滅多になかったという。会社を辞めたら濡《ぬ》れ落ち葉だ、と自分で笑って言っていた叔父の、自身のプライオリティーの一番が会社、二番は多分僕、だったのではないかと思う。

そんな叔父が、一位二位の会社にも僕にも行方を知らせず、姿をくらませてしまうことなどあり得るのだろうか。

そう思いながら僕はリビングの窓を開けた。空気の入れ替えをしたかったのと、あと、なんとなく外が見たくなったのだ。星の綺麗な夜だった。雲一つない空の彼方、細い下弦の月が見える。本当に叔父はどこへ行ってしまったのか、と思いながらふと目を落とすと、マンションの前の路上に二人の男が佇《たたず》み、じっとマンションを——いや、この部屋を見上げている姿が見えた。

男たちには見覚えがある——というか、今、会ったばかりなのだから、忘れていたら健忘症なんじゃないかと己を疑わなければならなくなる。彼らは先ほどまでこの部屋の中にいた、松本が連れてきた刑事たちだった。

いわゆる『張り込み』というのをしているのだろう。叔父がマンションに戻ってくるのを待っているのか、はたまた僕が叔父からの連絡を受け、動き出すのを待っているのか——どちらにしろ見張られているのはあまりいい気分ではなかった。僕は窓を閉めると部屋中のカーテンをすべて閉めて外から室内を覗《のぞ》かれないようにしたあと、寮へと戻ることにした。

尾行はついているんだろうな、と思ったが、見つけてもむかつくだけかと僕は後ろを振り返りもしなかった。寮に入ると皆、何か言いたげに僕を見たが、話しかけてくる者はいなかった。できるだけかかわりをもちたくないと思っているのはミエミエで、そのことにもまたむかつきはしたが、周囲に怒鳴り散らすような大人気ないことをするのは理性で堪《こら》えた。

風呂に入ろうとすると、皆ほぼいっせいに風呂を出てしまい、入寮以来、初めて僕は僕以外無人の風呂でゆっくりと手足を伸ばした。こんな広い風呂が貸し切りだなんて豪勢じゃないか、と自分を鼓舞《こぶ》しようとしたが上手《うま》くいかず、僕は早々に入浴を切り上げ、部屋に戻った。

携帯の着信もなく、モバイルパソコンにも待ち望んでいる叔父からのメールは来ていなかった。叔父のモバイルにメールを入れ、携帯の留守電に伝言を残したあと、僕は明日に備えて寝ることにした。寮の皆の態度で、明日出社してからいかに針のむしろ状態になるか、容易に想像がついたためである。

せめて気力だけでも養っておこうと早寝したのは正解だった。翌日出社した途端に人事部に呼び出されたとき、あまりにショックな宣告に倒れずにすんだからだ。

早い話が――クビ、だった。

僕が想像していたよりも『贈賄事件』は、会社にとっての一大事になっていた。

「竹内総務課長は懲戒解雇、君は解雇だ」

「ちょ、ちょっと待ってください」

出社早々総務部長に人事部へ行けと言われた僕は、いきなり人事部長にそう言い渡され、話は終わったと言わんばかりに僕の前から去ろうとする彼に慌てて食い下がった。

「解雇ってどうしてです？」

「どうしてもこうしても、警察のやっかいになるような人物は当社職員として相応《ふさわ》しくないということだ」

人事部長は既に僕を見ていなかった。

「誤解です。現に僕は無事釈放されましたし」

「刑事が何べん会社に来たと思っているんだ。痛くもない腹を探られて、迷惑この上ないとはこのことだ」

「迷惑ってそんな……」

人事部長の口調は厳しく、取り付く島がなかった。彼は僕をキッと見据えると、

「解雇ということは当然だが退職金は出ない。すぐに私物をまとめて出て行きたまえ」

一気にそう言いきり、追いすがる僕を無視してその場を立ち去ってしまった。

「あのっ」

『迷惑』だの『痛くもない腹』だの、未だに事態が呑《の》み込めていなかった僕は、社内ではどういう話になっているのかを誰かに確かめたかったのだが、それを教えてくれそうな人物は一人も思い浮かばなかった。仕方なく自席へと戻り、既に机の上にまとめられていた私物を抱えると、上司に挨拶《あいさつ》をしようと周囲を見回した。

「…………」

係長も部長も不在、課の人たちも、僕と目が合いそうになると慌てて顔を背けてしまった。声をかけられるのも迷惑というわけか、と溜め息が漏れそうになる唇を噛《か》み締めると、

「失礼します」

口の中で呟《つぶや》くようにそう言い、一人社をあとにした。

「竹内君」

ダンボールを抱え、駅に向かってとぼとぼと歩いていると、後ろから聞き覚えのある声が響いてきて、僕の足を止めさせた。

「中本《なかもと》係長……」

総務部では叔父の部下で、僕の直属の上司となる中本係長だった。会社から走ってきてくれたのか、はあはあと息を切らせている。

「いや、すまなかった。ちょうど打ち合わせをしていてね。君がもう社を出たと聞いて慌てて追いかけてきたんだが」

「ご挨拶もせず、申し訳ありませんでした」

「挨拶などいい。話を聞かせてくれないか」

中本係長は人当たりのいい、物腰の柔らかい人だった。叔父がどちらかというと融通の利かない、四角四面《しかくしめん》なタイプなのに対し、中本係長はよく言えば柔軟性に富み、常に笑顔を絶

やさない――別の言い方をすれば、おべんちゃらが得意で総務部長や、統括役員である専務に取り入るのが上手い、テレビによく出てくる上司の顔色を窺《うかが》うサラリーマンそのものだった。

なので正直言って僕は、彼がこうして『解雇』になった僕のあとを追ってきてくれたことに驚きを感じてすらいたのだけれど、連れていかれた喫茶店でウエートレスを「コーヒー」と追いやったあと、声を潜めて彼が僕に問いかけてきた言葉を聞き、なるほどね、と納得したのだった。

「警察はこの事件をどうみているのかな？　やはり会社ぐるみの贈賄とみているんだろうか」

「……よくわかりません……」

単に彼は、僕から情報を引き出そうとして呼び止めただけだったのだ。解雇になった僕の身を案じてくれるような人間ではなかったじゃないかと、僕は一瞬でも彼に対し優しい言葉を期待してしまった自分の馬鹿さ加減を呪《のろ》った。

「会社側としても非常に驚いているんだよ。飯塚代議士と金城社長は同郷で、高校の先輩後輩ではあるけれどね、賄賂で官公庁《かんこうちょう》物件の入札価格を教えてもらっただの、なんだの、マスコミがあることないこと書こうとしているのを、今必死に抑え込んでるところだ」

「……はあ」

抑えた声で話しながら、それでも最後はドンッとテーブルを叩いた中本係長が一体何を言いたいのかよくわからなかった僕は、相槌にもならない相槌を打ち、運ばれてきたコーヒーに口をつけた。

「竹内課長の甥の君なら、何か課長から聞いていないのかい？　どうやって公金を横領したとか」

「横領？？」

何を言いだしたんだ、と僕は思わず声高になってしまったのだが、中本係長は、

「声が大きいよ」

と興奮して立ち上がりかけた僕の腕を掴み、無理やり椅子へと座らせた。

「……横領ってどういうことです」

店内の客やウエーターの注目を集めてしまったことに僕も気づいた。確かに人に聞かれていい類《たぐい》の話ではない。僕も声を潜め、それでも憤懣《ふんまん》やる方ない思いで中本係長を睨みつけながら再びそう問いかけた。

「多額の使途不明金が『寄付金』として総務課長の名前で会社から引き出されているんだ。総額五億にもなる」

「五億!?」

またも大声を出し、立ち上がってしまった僕の腕を、中本係長が、

「だから声が大きい」

と言いながら摑んで座らせる。が、既にわけがわからなくなりつつあった僕は、声のボリュームを下げるところまで頭が回らなかった。

「ご、五億もの金を叔父が横領したと言うんですか？」

「静かに。皆見てるじゃないか」

中本係長が「しっ」と自分の唇の前に人差し指を立ててみせる。

「すみません……でも……」

「当社としてもこの使途不明金のことで竹内課長の行方を捜しているんだよ。心当たりはないかねえ」

「心当たりって……」

酷い、と僕は目の前の中本係長を睨みつけてしまったが、係長は動じなかった。

「我々だって、竹内課長がそんな真似をしたとは思いたくないよ。だが、書類が残っているのは事実だ。一体どういう経緯で、どういう理由でもって竹内課長は五億もの金を引き出し、その金をどこへやったのか、その事情を聞きたいと言っているんだ」

淡々と返された中本係長の言い分に僕はうっと言葉に詰まった。

叔父が金を引き出したとされる書類がある——それが事実だとなると一体どういうことになるのだろう。叔父は本当に会社の金を横領したのか？　そんな馬鹿な、と僕は首を横に振

り、

「とても信じられません」

きっぱりとそう言い捨てた。

「信じないのは君の勝手だが、事実は事実だ。証拠が残っているからね」

やれやれ、というように中本係長は肩を竦めたあと、やにわにテーブルの上から伝票を取り上げ立ち上がった。

「竹内課長からコンタクトがあったら、すぐ私に連絡してくれ」

それじゃあ、と中本係長は笑顔も見せず、そのままレジへと進んでいった。

「あの……」

僕の声は彼の耳に届いていただろうに、係長は足を止めることなく手早くレジで金を払うとそのまま店を出ていってしまった。

「…………」

五億もの金の横領の容疑が叔父にかかっているという――あまりに信じられない話に、僕はただただ呆然としてしまっていた。

それにしても一応中本係長は僕の上司だったというのに、僕の解雇について何一つコメントしなかったのは酷いじゃないかなどと考える余裕もなく、僕は冷めてしまったコーヒーを前に、僕の、そして叔父の身に一体何が起こっているのかと必死で頭を整理し始めた。

僕が解雇、叔父が懲戒解雇になったことと、今の中本係長の話を総合すると、どうやら会社は叔父が五億もの公金を横領したと思っているらしい。

僕が叔父に頼まれて封筒を渡した相手は確か、飯塚代議士の秘書の姫井という男だった。

飯塚代議士は短期間だが国土交通《こくどこうつう》大臣を務めたことがある。建設業界に顔が利くことは、入社半年の僕ですらよく知っていた。

叔父は飯塚代議士に金を渡していたというのか――いや、待てよ、と僕はここで先ほどの中本係長の話を思い出した。

会社は飯塚代議士への贈賄の罪を認めていないのだという。それどころか、叔父が『公金を横領した』などと言っている上に、その証拠もあるという。叔父が会社のためではなく、自らの利益のために代議士に金を渡したなどと、ますますあり得ないことだとしか思えなくて、僕は暫《しばら》く一人首を捻っていたのだが、どんなに考えても答えも、そしてこれからどうするべきかも少しも頭に浮かんでこなかった。

一体どうしよう――まずは寮に帰って、荷物をまとめなければならない。会社を解雇されたのだから独身寮を出ないわけにはいかなかった。

だが、寮を出たあと、僕はどこに行けばいいのだろう――叔父の家、とも思ったが、朝から晩まで刑事が見張っているような家に行くのはなんだか気が重かった。

だが気が重いなどとは言っていられないだろう。いつまでもここでぐずぐずしていても事態は何も好転しないと、僕は喫茶店を出てまず寮に向かうことにした。

千葉のはずれにある独身寮の自分の部屋の荷物をまとめ、ボストンバッグ二つになんとか詰め込んで、僕は何事かと様子を見に来た相川《あいかわ》主事に挨拶もそこそこに、この先二度と訪れる機会はないであろう独身寮をあとにした。

ガラガラの総武線に揺られて都心へと戻りながら、さて、これからどうするかと僕はまた腕組みをして考え始めた。

何よりもまず叔父の行方を捜そう、とは思うのだが、手立てがまったく思い浮かばない。叔父が訪ねそうな場所に心当たりがないだけに、どこをどうやって捜せばいいのかわからない。警察も、そして会社も叔父の行方を捜しているというが、組織の力をもってしても見つけることができないのに、僕一人の力で捜し出すことなどできるのだろうか――どうするかなあ、と車窓を流れる風景を見やりながら、大きく溜め息をついた僕の頭にふと、昨日見たあの整いすぎるほどに整った鮎川の顔が浮かんだ。

そういえば彼は自分を『私立探偵』だと言っていたな――思いきり怪しい肩書きではあるけれど、かつて読んだ海外のミステリーではまさにこの『私立探偵』が人捜しをしたり、事件を究明したりしていた。あの鮎川という男、胡散臭《うさんくさ》いは胡散臭いが、他に打開策が一つも思いつかない今、とりあえず話だけでもしてみようかと心を決め、僕は名刺にあった住所、中野《なかの》で総武線を降りることにした。

このいわば『溺《おぼ》れる者は藁《わら》をも摑む』的な決意が僕の人生を思いもかけない方向に転換させることになるとは、未来を予測する力を持たぬ僕にはわかりようもなく、生まれて初めて訪れる『探偵事務所』への期待と不安を胸に、電車が中野に到着するのを待ったのだった。

3

中野は昔友人が住んでいたこともあり、住所表記で南口かなとあたりをつけた。大久保《おおくぼ》通りの手前の細い路地を入って三軒目、築三十年は経《た》っていそうなボロいビルの三階が事務所らしい。窓ガラスに『鮎川探偵事務所』と書いてあるのは、あまり素性のよろしくない金融会社を彷彿とさせ僕の足を鈍らせたのだが、せっかくここまで来たのだからと勇気を振り絞り、僕はいつ掃除をしたかもわからないコンクリートの階段を上り始めた。

昭和を思わせるレトロなビルの、やはり昭和を思わせるレトロなドアの前に立って初めて、こういう場合、電話でアポをとるべきだったのではないかと思い当たった。だが、失礼ながらどう見ても予約でいっぱいです、というほど流行《はや》っているようではない佇まいに、まあ大丈夫かなと思いつつ呼び鈴を探す。が、それらしきものが見当たらなかったので、すりガラスのはまったドアをノックすると、

「開いてますよ。どうぞ」

中から聞き覚えがある鮎川探偵の声が響いてきた。

「失礼します」

明るいその声に背中を押され、僕は一気にドアを開くと、ぐるりと室内を見回した。目隠しについたてが置いてあり、その後ろには応接セットがあるようだが、客はいないようだった。

「あの……」

古くはあったが、綺麗に掃除はされている部屋である。鮎川はどこにいるのだろうとついたてを回り込むと、

「やあ」

窓側にある事務デスクに座っていた彼が、僕を見て驚いた様子もなくそう片手を挙げてきた。

「どうも……」

「そろそろ来る頃じゃないかと思ってたよ。さあ、どうぞ」

にこにこ笑いながら立ち上がり、僕にソファを勧めてきた彼は相変わらず整った容貌をしていた。顔立ちもさることながら、どこぞのエリートサラリーマンかと見紛《みまが》うようなスーツ姿は、ボロい室内では浮きまくっている。

「コーヒー、紅茶、日本茶、それにジュースやコーラもあるけれど。何がいいかな？」

大荷物を抱えた僕が勧められたソファに座ると、鮎川は相変わらずにこやかに僕に飲み物を聞いてきた。

「いえ、どうぞお構いなく……」

「遠慮することはないよ。これも『相談料』に入ってるんだからね。アルコールもあるけど、何がいいかな？」

相談料——そうか、お金がかかるんだったと僕は今更のことに気がついた。財布の中には一万円くらいしか入っていないが大丈夫だろうか。確か弁護士の相談料は三十分で五千円程度だと聞いたことがある。それより高いということはないだろうとは思ったが、悪徳金融会社のような窓ガラスの様子を思い出し、先に値段は聞いておいた方がいいかなと僕はおずおずと、鮎川に問いかけた。

「あの、相談料っておいくらなんでしょうか」

「初回は三十分で五千円ポッキリ。でも割引もあるからね」

「割引？」

「そう。チラシを持ってくると五百円割引、あと三のつく日は千円割引、毎週水曜日はレディースデーで女性限定半額、あとは何があったかな」

「…………」

ピザ屋と縁日と映画の日が交じったような割引のオンパレードに、僕は一瞬言葉を失いまじまじと鮎川の顔を見上げてしまった。これだけ『割引』があるということは、やはり見た目どおりこの事務所は流行っていないのではないだろうか。なんとなく不安な思いで事務所

内を改めて見回していた僕は、鮎川がそれこそ満面の笑みを浮かべながら、

「で？　何を飲むか決まったかい？」

と尋ねてきたのに我に返った。

「それじゃ、コーラをお願いします」

「ペプシとコカコーラがあるけど」

「コカコーラで」

「カロリーゼロと普通は？」

どっちでもいいよ、と喉元まで出かけた言葉を僕は呑み下した。

「普通でお願いします」

「了解」

にこ、と笑った鮎川がデスクへと引き返してゆくと、傍らに置いてあった小さな冷蔵庫からコーラの缶を出し、また僕の近くへと戻ってきた。

「コップは別にいらないよね」

「はあ」

渡されたのはカロリーゼロだったのだけれど、クレームを言うのは控えた。この時間ももしかしたら相談時間の三十分に入っているのではないかと思ったからだ。

「僕はコーヒーにしようかなあ」

「あの……」

歌うような口調で、やはりデスクの傍《そば》に置いてあるコーヒーメーカーへと引き返しかけた鮎川の背に、我慢できずに僕は声をかけた。

「なに？」

「あの……」

肩越しに振り返った鮎川ににっこりとそれこそ見惚れるような笑みを浮かべられ、声をかけたはいいが、何をどう話せばいいのかわからず口ごもってしまった。

勢い込んで来たものの、僕は一体何をこの『私立探偵』に相談したくて来たのだったか。事務所に入った途端、お茶だのコーヒーだの——結局選んだのはコーラだったわけだけど——勧められているうちに、すっかり頭が混乱し僕は言葉を探し黙り込んでしまったのだが、鮎川は踵《きびす》を返して僕の方へと歩み寄ってくると、目の前のソファに座り、再び、

「なに？」

と、にこやかに問いかけ、僕が口を開くのを辛抱強く待ってくれた。

「……あの……何がなんだかよくわからなくて……」

喋りだしてはみたが、これじゃそれこそ『よくわからない』だ、と僕は慌てて言葉を足した。

「あの、自分で自分の置かれてる状況がわからないっていうのは変だとは思うんですが、な

んていうか、その……」

「何が起こっているのか、僕が説明してあげよう」

「え」

しどろもどろになっていた僕は鮎川にあっさりとそう言われ、驚いたあまりかなり素っ頓狂な声を上げてしまった。

「まず落ち着いて。コーラでも飲んでなさい」

「……はあ……」

ね、と笑った鮎川がソファから立ち上がり、デスクへと向かうと広げてあった新聞の束を手に戻ってきた。

「君が巻き込まれた事件はね、これだよ」

鮎川が示してくれたのは新聞の三面に小さく載った記事だった。日付を見ると昨日の朝刊のようである。

『大手建設会社総務課長　横領で逃亡⁉』——叔父の名こそ出ていなかったが、社名ははっちり出ていた。簡単な記事だったが、叔父が会社の金を横領したことがわかり、姿をくらましたと書いてあった。

「そしてこれが今日の夕刊の早刷り」

鮎川が続いて見せてくれたのは、同じ三面でも三段抜きの、非常に扱いの大きな記事だった。

『飯塚代議士秘書　大手建設会社総務課長と結託し公金横領⁉』

「……あ……」

大きな見出しの下、掲載されていた秘書の顔写真を見た僕は思わず小さく声を上げてしまった。そこに載っていたのは紛う方なく僕がバーで封筒を——中身は金だったそうだが——渡した、あの顔の綺麗な姫井という男だったからだ。

まだ昼過ぎだというのにどうやって入手したのかわからないが、夕刊には叔父の写真も名前も載ってしまっていた。

記事によると姫井が飯塚代議士への献金という名目で金城建設から金を引き出させ、それを個人で着服していたとのことだった。代議士は一切献金のことは知らないと断言していると、事務所からのコメントが掲載されていた。

また金城建設も贈賄は会社ぐるみではないと発表しているが、記事のニュアンスはその発表を疑問視しているようだった。

「社長が総務課長に直で指示したという噂が流れている。特捜《とくそう》が入るらしいからね。引責辞任をするのではないかともっぱらの評判だよ」

「……そんな……」

信じられない——新聞記事のおかげで、今叔父が置かれている状況は確かに把握できたけれど、読めば読むほど、この記事に書かれたようなことを叔父がしたとはどうしても思えなくて、僕はただただ呆然としてしまっていた。

「警察は今、秘書の姫井と君の叔父さんの行方を捜しているんだが、二人ともまだ見つかっていないようだ。もしかして君も、叔父さんの行方を捜しているんじゃないのかな？」

「そ、そうなんですが……」

確かに鮎川の言うとおり、僕は叔父の行方を捜していた。警察に追われていることは知っていたが、まさかこんなぶち抜き記事が出るほどの大事件に叔父が巻き込まれていたとは、想像すらしていなかった。

それ故僕はもうどうしたらいいかわからず、縋《すが》るように目の前の探偵を見やってしまったのだが、探偵はそんな僕に向かってまるで深夜番組でよく見る、外国の通販の販売員そのものの『営業スマイル』を浮かべ、大きく頷いてみせたのだった。

「大丈夫ですよ。信頼と実績の我が鮎川探偵事務所にご依頼くだされば、たちどころに事件は解決。叔父さんの行方もあっという間に捜し出してみせますよ」

「……はあ……」

まるっきり信憑性《しんぴょうせい》がないと感じるのは、この事務所の佇まいのせいなのか、はたまた鮎川探偵の流暢《りゅうちょう》すぎる宣伝文句のせいなのか。迷うところだが僕の本能は彼を『信用できない』と告げていた。

普通の状態だったら「結構です」とすぐにでもこの場を立ち去ったに違いないのだがいかんせん、僕は今、最も『普通の状態』から遠いところにいた。

父とも慕う叔父が公金横領で全国に指名手配されている上に、僕自身も会社をクビになり、明日をも知れない身なのである。叔父の無実を信じてはいるが、その叔父の行方を捜す手段は一つも思いつかない。鮎川よりもっと頼りになる『探偵』を探せばいいのかもしれないが、どこをどう探せば『頼りになる探偵』を見つけることができるかもわからないというこの状況下、今のところ頼れるのは僕に愛想のかたまりのような営業スマイルを向けているこの男——鮎川だけなのだった。

「ぜひとも当事務所にご依頼ください。決して後悔はさせませんよ」

「……はあ……」

何かを言えば言うほど胡散臭く感じてしまう鮎川を前に、僕は彼に頼むかどうか最後の逡《しゅん》巡《じゅん》をしていた。

『探偵』などという職業は今までタウンページでも引いてみたことはなかったけれど、もしかしたら案外、メジャーな職業なのかもしれない。ちょっと探せば鮎川よりマシな探偵に行き当たるんじゃないだろうか——しかしそういう優秀な探偵は依頼料も高いんだろうな、と思ったと同時に、そういえばこの鮎川は一体いくらで引き受けてくれるのだろうと僕は彼に聞いてみることにした。

「あの、依頼するとして、だいたい料金はいくらぐらいかかるのでしょうか」

「ウチは相場より随分お安くしてますよ」

またもにっこりと営業スマイルを浮かべた鮎川は立ち上がってデスクへと向かうと、『料金表』と書かれたファイルを手に戻ってきた。

「先ほども申し上げましたが、初回、こうして話を伺うのに五千円、あとは仕事の内容にもよりますが、かかった日数に実費、満足いただける結果が出ましたときには成功報酬を別途お支払いいただくことになります」

「…………」

想像していたのよりも五倍、いや、十倍は高い価格設定に、僕は言葉を失ってしまっていた。

これで相場より随分お安いというのなら、探偵業というのはいい商売だ。この日当、僕の日給の軽く倍はある。

探偵を雇うのに、こんなに金がかかるとは思わなかった、と僕は鮎川を前に密《ひそ》かに溜め息をついた。どう考えても僕に支払い能力はなかった。勤めてまだ半年あまり、スーツやら鞄やらで何かと物入りだった四月の買い物の清算がようやく済んだばかりで、当然貯金などないに等しい。その上解雇になってしまったので退職金は出ないし、警察に行方を追われている身内がいるとなっては再就職もままならないだろう。

ガテン系のバイトでもして金を稼ぐしかなさそうだが、そんな悠長なことを言っていられるのだろうか――価格表を前にじっと黙り込んでいる僕に、鮎川は相変わらず愛想よく声をかけてきた。

「どうしました？　竹内さん」

「……ちょっと……無理みたいです」

「無理？」

「はい……金銭的に、ちょっと無理かと……」

お金がないので依頼できない、と言うのは恥ずかしかったが事実なので仕方がない。僕はぼそぼそとそう言うと、ポケットから財布を取り出し五千円札を机の上に置いた。

「ありがとうございました。これ、初回の五千円です」

それじゃあ、と僕は頭を下げ、両脇に置いた大荷物を手に立ち上がろうとしたのだったが、

「ちょっと待って。依頼はしたいがお金がない、そう言いたいのかな？」

不意に砕けた口調で話しかけてきた鮎川に、がし、と腕を摑まれ、何事が起こったのかと僕は驚き、思わず大きな声を上げてしまった。

「はい？？」

「しかもその大荷物。これからどうするつもりなのかい？」

「……あの……？？」

「まあ、座んなさいって」

鮎川は強引に僕の腕を引いて再びソファへと座らせると、

「これはまだしまっておきなさい」

ね、と僕が机に置いた五千円札を、つつ、と僕の前へと押しやってきた。

「あの？」

「初回相談料をもらおうにも、僕はまだ君の話をまったく聞いていないし……ああ、延長料金のことを気にしているのなら心配無用だから」

ね、と鮎川はまた微笑むと、先ほどの五千円札を、更につつ、と僕の目の前に押しやってくる。

「よかったら君の話を聞かせてもらえないかな」

「……はあ」

言ったところで依頼できるわけでもないのだがと思いはしたものの、僕がこの鮎川探偵に話をする気になったのは、別に彼の営業スマイルに乗せられたからでもなく、延長料金がかからないことに安堵《あんど》したわけでもなかった。

もともと人付き合いがあまり得意でない僕は、こんな人生の一大事になんでも相談できるような友人を一人も思いつかなかった。縁故入社がバレバレだからか、会社の同期の中では浮いていたし、大学時代は代返やノートの貸し借りばかり頼られることに嫌気がさして、自分からクラスメートに一線を画してしまっていた。

自分も警察の取り調べを受けた上に、唯一の身内といってもいい叔父までもが行方不明だというのに、僕には誰一人として親身になってくれる人間はいなかった。鮎川の『話を聞かせてもらえないかな』という言葉は、仕事の依頼を受けようとしているビジネス上のものだとわかってはいたが、それでも問われるがままに話をしてしまうほど、僕は話し相手に飢えていたのだった。

鮎川を前に僕は、自分の身に起こったことをぽつぽつと話し始めた。

叔父に電話で頼まれて、バーに封筒を届けに行ったこと、そのあと突然逮捕され、警察に事情を聞かれたこと、何も知らないことが認められて帰されたはいいが、今日会社に行ってみたら解雇されてしまったこと。叔父に至っては懲戒解雇の上に、会社は叔父を五億もの金を横領したとして行方を捜していると言われたこと、叔父の家に警察が令状を持ってやってきて、今もずっと見張っていること、そして当のその叔父とは連絡が取れず、途方に暮れていることなどを脈絡もなく話す僕に鮎川はときどき確認の相槌を打ちながら、辛抱強く話を聞いてくれた。

「……それじゃあ君は僕のところに、叔父さんの行方を捜してほしくてきた、ということでいいのかな?」

三十分ほど僕の話を聞いてくれたあと、鮎川はそう確認を取るように僕の顔を覗き込んできた。

「……はい……何度も言うようですが、叔父はそんな、会社の金を横領するような人間じゃないんです。絶対何かの間違いだと思うんですが、それならどうして行方をくらましているのかと……」

「……なるほどね」

鮎川は二、三度頷いてみせてから、おもむろにソファから立ち上がった。どこへ行くのだろうと姿を目で追うと、デスクの傍らのコーヒーメーカーへと向かい、二人分のコーヒーを入れて再び席へと戻ってきた。

「はい」

「……ありがとうございます」

コーヒーのいい匂いが室内に立ち込め、なんだかほっとしたと同時に、こんなときだというのに空腹を覚えてしまった。おなかが鳴りそうになるのを誤魔化そうとコーヒーを一気に飲もうとして、あまりの熱さに驚き僕は悲鳴を上げた。

「あちち」

「どうしたの、落ち着いて」

大丈夫かい、と鮎川が僕にそのあたりにあったティッシュを手渡してくれながら笑いかけてくる。

「すみません……」

「まあ、動揺する気持ちはわかるよ。大変な目に遭ったんだもの」

「……はい……」

いや、単に腹の虫が鳴るのを誤魔化そうとしただけなんですけど、などということは言うべきじゃないかと僕は大人しく頷くと、ずず、とコーヒーを啜《すす》った。目の前で鮎川もずず、とコーヒーを啜り、暫くの間二人の間に沈黙が流れた。

「で、これから君はどうするつもりなのかい？」

先に言葉を発したのは鮎川の方だった。

「……そうですね……」

どうしよう――『したい』ことは一つだった。叔父の行方を捜したい。どうしてこんなことになってしまったのか、まずは叔父に確かめたい。

だがその手段を一つとして思いつかなかった僕は、鮎川の問いに答えることができずに俯《うつむ》いてしまったのだが、そんな僕の顔を一気に上げさせる驚くべきことを鮎川は言いだした。

「行方がわからない竹内光雄さんの安否が気にかかるね。無事でいてくれるといいのだが」

「なんですって⁉」

まるで叔父の身に危険が迫っているとでも言わんばかりの言葉を聞いて大きな声を上げた僕に、

「それはそうだろう」

鮎川はさも当然のように言葉を続けた。

「君が言うように、君の叔父さんが清廉潔白で、贈賄などにまったく関与しないような人物であるのなら、彼は今まさに濡れ衣《ぎぬ》を着せられてしまっているということになるだろう？　たいていの人間は身に覚えのない罪を問われた場合『違う』と自己主張するはずだ。今回の贈賄事件に本当に君の叔父さんが無関係だったとしたら、自分が警察に追われているという記事を目にしたら真っ先に名乗りを上げてくるんじゃないかな？」

「そ、そりゃそうですが……」

鮎川の言うとおりだった。叔父が無実であるのなら姿を隠している理由はない。だが実際叔父は行方をくらまし、警察ですら見つけることができない状態なのである。

その事実は一体何を物語っているのか——叔父が実は新聞に書かれているとおり、公金横領の罪を犯している場合と、もう一つは——。

「君の叔父さんが無実だというのなら、無実を主張するのを妨げられている、と考えるのが妥当だろう」

鮎川に言われるまでもなく、僕の頭にも決して事実であってほしくない想像が立ち込めつつあった。

「……ということは……」

「身を隠しているのは自らの意思ではない、と考えられるということだ」

「………」

拉致《らち》監禁――頭に浮かんだ言葉に、僕の背筋にぞく、と悪寒《おかん》が走る。だが続く鮎川の言葉には『悪寒』どころではなくなってしまい、僕は堪《たま》らず大きな声を上げていた。

「悪くすると、口を封じられている場合も……」

「や、やめてください」

「ごめん、考えがなさすぎたな」

僕の剣幕に押されたように鮎川が慌てて作り笑顔を浮かべ、僕に頭を下げてきた。

「いえ……」

自分でも顔が真《ま》っ青《さお》になっているのがわかる。鮎川はそんな僕に気を遣ったのか、

「まあそんなドラマみたいな話、そう転がっているもんじゃないとは僕も思うけれどね」

などと自分の発言をフォローするようなことを言い笑ったが、僕は笑えなかった。

『口封じに消される』――確かにドラマじみた話だが、五億円の横領も充分ドラマだ。可能性としてはゼロじゃないだろうと思うだに、叔父の安否が気になり今すぐにでも無事でいる姿をこの目で確かめたくなってくる。

考えてみれば僕が受けたあの電話――机の中の封筒を届けろと言ってきたあの電話の様子もおかしかったように思う。あのとき既に叔父は何者かに拉致されていたのだろうか。誰か

に脅かされ、僕に電話をかけてきていたのか——？

「……さん、竹内さん？」

必死にあの夜の電話の様子を思い出そうとしていた僕は、名を呼ばれてはっと我に返った。

「大丈夫かい？」

「わ」

我に返った途端、あまりに近く顔を寄せられていたことにぎょっとする。黙り込んでしまった僕を心配したのか、鮎川が向かいのソファから身を乗り出し、まじまじと僕の顔を覗き込んでいたのだ。

「どうしたの？」

「い、いえ……」

睫《まつげ》が長い——一番最初に目に飛び込んできたのは、やたらと煌いて見える瞳とそれを縁取る男にしては長い睫の影だった。目を瞬《しばた》かせるたびにパチパチという音がしそうなほど濃く長い睫に、僕の脳裏にあの夜バーで出会った長身の美女の顔が浮かんだ。

『お一人ですの？』

僕をやたらとどぎまぎさせたあの美女は本当にこの鮎川なのだろうか——ぼんやりとそんなことを考えてしまっていた僕だが、今はそんな場合じゃないとぶんぶんと首を横に振った。

「何はともあれ、一番にすべきことはやはり竹内光雄さんの行方を捜すことだと思うけれど

ね」

ぼんやりしたり、いきなり首を振りだしたりと我ながら頼りないことこの上ない僕に、鮎川はそう言いじっと顔を見据えてきた。

「……そうですね……」

それは僕も同意見だ。何より叔父の身の安全を確認したいとは思っているのだが、その手段が思いつかない。

「どうだろう、それを当事務所に依頼しないかい？」

そうくるか——親切に話を聞いてくれたのもすべて、こうして営業するためだったのかと僕は、にこにこと、あの張り付いたような営業スマイルをまた浮かべ始めた鮎川の端整な顔を目の前に、心の中で溜め息をついた。

僕だって依頼できるものなら依頼したい。先立つものがないので頼むことができないのだ。まあ、金に不自由していなければ、もっと信用のおけそうな大きな事務所に頼むだろうけれどと思いながら、僕はぼそぼそと彼の勧誘を断った。

「先ほども申し上げたんですが、依頼料を払えそうにないので……」

「そのことなんだけどね」

「はい？」

鮎川が更に身を乗り出し、ずい、と顔を近づけてくる。何事かと眉を顰めた僕に鮎川はまたも想像を超えるようなことを言いだし、僕を絶句させたのだった。

「お金がないというのなら、君のカラダで払ってくれても構わないんだけどね」

「カ、カラダですか？」

にたり、と笑った――ように見えた――鮎川の顔を目の前にした僕の脳裏には、『あ～れ～』と悲鳴を上げて逃げ惑う自分の姿が浮かんでいた。

「カラダ、ですか……？」

思わず身構えてしまった僕の目の前で、鮎川は——爆笑した。

「やだなあ、何か変な想像してない？」

「へ？」

あはは、と高らかに声を上げて笑った鮎川は、手を伸ばしてきてバンバンと僕の肩を叩いた。

「お金がないなら、労働奉仕《ろうどうほうし》しないかという意味だよ。今、人手不足でね」

「……はあ……」

そういう意味か、と頷いた僕の顔を見た鮎川は、再びぷっと吹き出した。

「一体何を想像してたんだか」

「いや、そんな、別に……」

とても手籠《てご》めにされかかっている自分だ、などと言う勇気はなく笑って誤魔化しながらも、僕は心の中で普通『カラダで払え』なんて言うか？　と自分の勘違いを鮎川に責任転嫁していた。

「見たところ会社の寮でも追い出された様子だけど、今日から住む場所はあるのかな？　ここは住居兼用なんだけど幸いなことに一部屋予備があるから寝泊まりもできる。よかったら住み込みで僕の助手をしてみないかい？」

「………」

まさに渡りに船――警察が見張っている叔父の家で生活するのは気が重いと思っていた矢先のこのありがたい申し出が、僕の背中を押そうとしていた。

うまい話にはウラがある、気をつけろ、と頭の片隅で叫ぶ常識人としての自分の声と、これから一人、途方に暮れるのは目に見えているのだから、せっかくのこの親切な申し出を受けて叔父の行方を捜せばいいじゃないかというういかにも騙《だま》されやすそうな自分の声が聞こえる。

「あの、どうしてそんなことを……」

その声に促されるようにしておずおずと問いかけた僕に、鮎川は相変わらず張り付いたような営業スマイルを端整な顔に浮かべながら答えた。

「君が叔父さんを信じる心、思う心に打たれてね」

絶対に嘘だ――とってつけたような彼の言葉に僕の本能はそう告げていたのだけれど、だからといってこの魅力的な申し出を断るのは惜しい気がした。

確かに騙されているのかもしれないが、たとえ騙されたところで今の僕に失うものなんか何もない。騙すなら騙せだ、というやけっぱちな自分の声が頭の中で響いたときには僕はもう心を決めていた。昔から僕は熟考に熟考を重ねた挙げ句に、結局『一か八か』の結論に身を委《ゆだ》ねてしまう、そんな、考えがあるようでないタイプだった。

「わかりました」

「引き受けてくれるのかい？　ありがとう！」

力強く頷いた僕の目の前で、鮎川がぱあっと笑顔になった。

花が開くように笑う、とか、輝くような笑顔、という表現があるが、まさに彼の笑顔はそんな感じで、思わず僕は彼の美しい笑みに引きこまれ、ぼうっと見惚れてしまっていた。

──が、現実は僕が考えているほど甘くなかった。

「そうと決まれば早速働いてもらおうかな」

「へ？」

見惚れるような笑顔のまま鮎川は立ち上がると、つかつかと自分のデスクへと向かい、山のように重なっている新聞を抱えて戻ってきた。

「これ、印が付いてる記事をスクラップにして」

ドサッと目の前のテーブルに堆《うずたか》い新聞の山ができる。

「あの……」

「それが終わったら報告書を、案件ごとにファイルしてもらえるかな？　去年の八月からちょっとできてなくてね」

続いて僕の目の前には、ドサドサと紙ファイルが積まれていった。

「あの……」

「それが終わったら、確定申告のために経費の計算をしておかないといけないのだけど、年初から全然できてないんだ。これが領収証」

「あの……」

お菓子の缶に入った領収証の山がまた僕の目の前の机に置かれる。

「エクセルはできるかな？　あのパソコン自由に使っていいから、経費の項目ごとに分けて入力していってくれ。ああ、それを始める前に、昼食の支度をしてもらえるかな」

「ちゅ、昼食？？」

なんでメシの支度をしなきゃならないんだと驚いて問い返した僕に、鮎川はさも当然だというように大きく頷いてみせた。

「住居を提供するんだ。先立つものがないというから家賃を家事労働で勘弁してあげると言ってるんだけどね」

「…………」

なんて恩着せがましいんだ、と怒るより前に呆れてしまった僕だったが、続く鮎川の言葉には更に呆れて開いた口がふさがらなくなった。

「家賃はとらないけれど、食費だけは入れておくれよね。そのくらいの備蓄はあるんだろう？　あまり甘やかすと君のためにもならないし」

「あの〜」

「僕は特に好き嫌いはないから。それじゃ、よろしく頼むね」

「あの〜」

どこまでも自分のペースを貫こうとする鮎川を止めることはできなかった。

「引き受けてくれて助かったよ。これで僕もようやく探偵業に打ち込めるよ」

鮎川の見惚れるような笑顔を前に、もしかしたら自分はとんでもない選択をしてしまったのではないかという一抹どころではない不安が込み上げてくる。

「これからよろしく頼むね。どうかキリキリ働いてくれたまえ」

だがいくら不安を抱こうが、他に叔父を捜す手立てをもたない僕にとっては、にっこりと微笑みながら右手を差し出してきた鮎川の手を握り返す以外、道はなかった。

「こちらこそ、よろしくお願いします」

こうして僕の、探偵助手としての新しい人生の幕は切って落とされることとなった。

鮎川もこの事務所の奥の部屋に住んでいた。事務所がだいたい二十畳くらいの広さだろうか。鮎川の部屋は八畳、僕に提供してくれた部屋は四畳半くらいの広さで、他にキッチンとリビングダイニングがあり、ほぼこのビルのワンフロアを鮎川は使っているようだった。中野の駅から少し歩くとはいえ、そして築三十年のビルとはいえ、ワンフロア貸し切りとなると家賃はさぞ高いだろうと思って聞いてみたが、

「まあね」

と意味深に笑うだけで、いくらとは教えてくれなかった。

僕の部屋にはかつて住んでいた人物がいたらしく、大量の本や荷物の下にはベッドが置かれたままになっていた。本やら荷物やら、鮎川が『つい通販で買ってしまった』という健康グッズやらを部屋の隅に積み上げ、なんとかベッドを露《あら》わにしたところに、鮎川が客用だという布団を持ってきてくれた。

「ここ、誰かが住んでたんですか？」

「まあね」

この質問にも鮎川は意味深に笑っただけで、はっきり答えてはくれなかった。好奇心を覚えはしたが、まず埃《ほこり》だらけの部屋を片付けない限り、今日の就寝にも困ると僕は必死で掃除をしたおし、息を吸い込んでも埃で咽《むせ》ることはないくらいのところまで整理整頓して生活環境を整えたあと、鮎川に命じられた探偵助手の仕事に精を出した。

『私立探偵』という職業に就いている人間には今まで会ったことはなかったし、それこそテレビや小説の中でのみ生息している人種だと思っていたが、これがどうして、なかなかに需

要のある職業だということも、ほぼ一年分の案件ファイルを整理するうちにわかってきた。浮気調査やペット捜しなどのご家庭の主婦からの依頼やら、人物評定などの企業からの依頼やら、件数にしてみると月十から十五件の仕事をこの事務所は請け負っているようだった。

人捜しの依頼も結構あった。警察に届けを出したところで、それこそ事件が起こってからでないと真剣に捜してくれないので、身内がこうした探偵事務所に捜索依頼にくるのだと、僕のまとめたファイルをめくりながら鮎川は肩を竦めてみせた。

「警察の言い分もわからないではないけれど、それにしても不親切だよねえ」

「そうですね……」

頷きながらも僕は、叔父のことを考えていた。叔父の場合は既に『事件』――しかも彼が犯罪にかかわっていると思われているために、警察は血眼《ちまなこ》になって行方を捜しているに違いない。できれば警察より前に叔父の行方を見つけ出し、話を聞きたいと思っているのに、僕は未だ手がかりの一つもつかめず、ここで書類整理なんかをやっている。こうしている間にも叔父の身に危険が迫ってはいやしないか、警察に逮捕されてしまっているのではないかと気ばかりが急《せ》いてしまい、無意識のうちに溜め息をついていた僕の顔を、鮎川がまじまじと見上げてきた。

「どうしたの」

「……いえ……」

一刻も早く叔父の行方を捜してほしいと言いたかったが、まだ就労半日でそれを言うのは早い気がして、僕は開きかけた口を閉ざし、首を横に振った。

「それじゃ、次は経費の精算、よろしくね」

「……はい」

今日一日働いたら、いつから叔父捜しを始めてくれるのか聞いてみよう。そう思いながら僕は頷き、再び仕事へと戻った。

夕方六時を過ぎると鮎川は、自分の机で大きく伸びをした。

「今日はこれで終わりにしよう」

「はい」

やれやれ、と僕は領収証の山から顔を上げた。

「なんだ、もう終わりそうじゃない。手際がいいねえ」

パソコンの電源を落としていると、鮎川が僕へと歩み寄り手元を覗き込んで驚いた顔を上げた。

「いえ……」

正直、会社でもこれほどまでに集中して働いたことはないというくらい、今日の午後は事務作業に精を出した。これもすべては叔父のためなのだが、それがわかっているのかいないのか、鮎川は、

「こんなに働いてもらって悪いねえ」

にこにこ笑いながら僕の肩を叩き、あまりに呑気《のんき》なことを言いだした。

「お礼に夕食をご馳走《ちそう》するよ。そうだ、君の歓迎会をやろう」

「いや、そんな、別にしてもらわなくても……」

それより叔父の捜索はいつから始めてくれるのかと尋ねようとしたが、鮎川は聞く耳を持たなかった。

「ちょっと面白いエスニック料理の店ができたんだよ。そこに行ってみよう」

「いや、だからその……」

もしかしたら——いや、もしかしなくてもこの鮎川という男、相当強引な上にマイペースなんじゃないかと今更のことに気づいたときには、僕はその『ちょっと面白いエスニック料理の店』で鮎川と向かい合い、ビールのグラスを合わせていた。

「かんぱーい」

「……乾杯……」

こんな呑気なことをしてる場合じゃないだろうと思うのに、いつの間にか鮎川のペースに乗せられてしまっている。まだそれほど人に知られてないのか、料理は美味《おい》しいのにあまり混《こ》んでない店内で鮎川は早くもアルコールに頬《ほお》を染めながら、上機嫌で僕に話しかけてきた。

「まだちゃんと自己紹介をし合ってなかったよね。君のプロフィールも聞いてないし」

「あ、すみません」

そういえばそうだった。鮎川が『竹内智彦君だね』と僕のことを知っている口ぶりであったのですっかり忘れていたが、彼の下で働くことになったというのに僕は自己紹介の一つもしていなかったのだった。

「竹内智彦です。よろしくお願いします」

慌てて頭を下げた僕に、鮎川はビールを注《つ》ぎ足してくれながら次々と質問をしかけてきた。

「いくつなの？」

「二十二です」

「出身は？」

「東京です」

「特技、資格は？」

「普通運転免許と教員免許を……」

「英語は？　TOEIC《トイック》何点くらい？」

「恥ずかしながら六百点に満たないくらいで……」

就職の面接みたいになってきた——まあ、就職の面接なのだろうが。

「出身大学はどこですか」

「早稲田《わせだ》の教育学部です」

「高校は？」

「都立武蔵《むさし》です」

「勉強以外で力を入れていたことはなんですか？」

「これといって特には……」

「部活動やサークルはやっていたのかな？」

「いえ、特には……」

　ますます就職の面接のようだ。僕は次には『今朝の新聞は読んだかい』とか『この不況を打破するためには何が必要だと思うかい』とか『当社を志した動機は？』などと聞かれるのではないかと勝手な想像をしていたのだが、鮎川の質問の路線はこのあたりから会社面談とは変わってきた。

「ところで趣味は？」

「趣味……映画を観たり、音楽を聴いたり……あ、あとスポーツ観戦も好きです」

「休みの日は何をしてるの？」

「そうですね、たまった家事をやったり、それこそ映画を観にいったりですかね」

「それってデートかい？」

「え」

　いきなり『デート』などと言われて絶句した僕は、続く鮎川の質問にますます絶句することになった。

「付き合ってる子はいるのかな？」

「あの……？」

「会社の子かな？　それとも学生時代からの付き合い？」

「あの……」

「今は就職難だからね、女の子の間では大学卒業と同時に結婚、というのが流行ってるそうだけれど、君の彼女もそうなのかな？」

「か、彼女はいません」

「なんだ、そうなの？」

途端に目の前の鮎川の顔がやけに嬉しそうになる。馬鹿にしてるのかと、ちょっとカチンときていた僕に、鮎川はなおも質問を続けてきた。

「それじゃ、映画って誰と行くの？」

「叔父さんとか、たまに一人で行くこともありますけど……」

「そりゃ寂しいねえ」

余計なお世話だ、とじろ、と鮎川を睨む。もともと友人を作るのが得意じゃない僕は、一人で行動することが多いのだが、それを『寂しい』などと思ったことはなかった。

「別に寂しくはないですけど」

僕が不機嫌な声を出したからだろうか、

「気に障ったら失敬」

にこにこ笑いながら鮎川はそう言い、いつの間にか空いていた僕のグラスにビールを注ぎ足した。

「すみません」

「失敬ついでに、もう一つ失敬なことを聞いてもいいかな」

鮎川のグラスも空になっていたので、今度は僕が彼のグラスに注いでやる。ありがとう、と笑った鮎川にそう聞かれ、

「はい？」

わけもわからず頷いた僕は、それこそ彼の失敬すぎるほど失敬な問いに、思わず大きな声を上げてしまった。

「もしかして君、童貞？」

「なわけないでしょう！」

真剣に答えてどうする、と思ったときには鮎川は僕の前で爆笑していた。

「ごめんごめん、二十二歳だったよね。どうも君を見てると高校生くらいにしか見えないもので、ついね」

「誰が高校生ですか」

つい声を荒らげてしまったのは、まさに自分のコンプレックスのど真ん中を突かれたからだった。

もともと高校生にしか見えないこの童顔にはコンプレックスを抱いていたが、そのせいで就職戦線に敗退しまくって以来、ますます僕は自分の外見について何か言われると我ながら過剰と思えるようなリアクションをしてしまうのだ。

「悪かった。気に障ったのなら謝る」

鮎川が慌てて謝ってきたのに、僕は自分の大人げない振る舞いに改めて気づかされた。

「いえ、こちらこそすみません」

「僕としては褒め言葉のつもりだったんだけどね。君は本当に可愛いなあと思って」

「どこが可愛いんですか」

反省しかけた僕はまたもカチン、ときたせいで、雇用主であることも忘れ、じろ、と鮎川を睨んでしまった。

「どこって全部が可愛いよ。果てしなく僕の好みのタイプだ」

「からかうのはやめてください」

まったくどこの世界に男に『可愛い』だの『好みのタイプ』だのと言われて喜ぶ男がいると思っているのだろう。悪ふざけもいい加減にしてほしい、とますます凶悪な顔で睨んだ僕の前で、鮎川はまるで外国人のように両手を頭の上に上げ、やれやれ、という顔をしてみせた。

「からかってるつもりはないが、『可愛い』がＮＧワードならこれから言わないようにするよ。これで機嫌を直してもらえるかな？」

「別にそういうつもりじゃ……」

なんだか鮎川相手だと、少しも会話のペースがつかめない。ふざけているんだか真面目なんだか、からかわれているんだか褒められているんだか、いまひとつ読みきれない鮎川の整いすぎるほど整った容貌を前に、僕はもごもごと口ごもり、注がれたビールに口をつけた。

「それにしても君は、叔父さんと仲がいいんだね。一緒に映画にも行くんだっけ」

「ええ」

鮎川が思いついたように話題を変えた。叔父の捜索の何か助けになればという下心もあり、僕は叔父の人となりを熱く彼に語り始めた。

「叔父は本当に滅多にいないくらい、いい人なんです。真面目で面倒見がよくて、曲がったことが大嫌いで……」

「君は相当なオジコンだねえ」

鮎川が楽しそうに笑い声を上げる。

「オジコン？？」

「叔父さんコンプレックス。マザコンとかファザコンとかシスコンとかはよく聞くけど、オジコンは珍しいな」

どういう意味だと首を傾げた僕に、うふふと笑って答えた鮎川の口調がからかいに満ちていたように聞こえ、僕は思わずむっとして、

「そんなんじゃありません」

そう言い捨てると、叔父が親代わりになり、鰥夫《やもめ》の身で苦労して僕を育ててくれたことを教えてやった。

「仕事も忙しかっただろうに、男手一つで本当に何から何までよくしてくれたんです。こうして僕が無事に社会人になれたのだって、全部叔父さんのおかげなんです。確かに僕はオジコンかもしれないけど、それのどこが悪いっていうんです」

「ごめん、悪くない。悪いのは僕だね」

僕の剣幕に押されたのか、鮎川は慌てて僕に謝ってきた。

「……いえ……」

酒のせいか僕も興奮しすぎたようだ。申し訳なさそうな様子の彼を前に、言いすぎたな、と反省した僕は、それでも叔父のことを少しでも伝えたくて、

「……本当に……叔父さんは立派な人なんです……」

ぼそぼそとそう言い足し、手の中のグラスを空けた。

「……羨《うらや》ましいな」

鮎川はそんな僕にビールを差し出してきながら、ぽつり、とそう呟いた。

「羨ましい？」

「自分の身内を――家族をそれだけ手放しで褒め、信頼できるなんて羨ましいよ」

「…………」

鮎川の目線は僕に注いでくれているビールに向けられていたのだが、その口調といい眼差《まなざ》しといい、今まで目の前にしていたのとはまるで違う、どこか寂しげな様子に僕は思わず彼に問いかけていた。

「鮎川さんのご家族は……」

「家族……ね」

鮎川が顔を上げ、苦笑するように笑う。

「いないね。信頼できるような家族は」

「…………」

それは鮎川が僕と同じく両親を亡くしてしまっているからか、はたまた家族と絶縁してしまっているからかは判断がつかなかった。が、これ以上この話題を続けるのは彼にとってあまり好ましくないのではないかと思われるような雰囲気に僕は、

「えーと」

と話題の転換を試みようとしたのだが、同じことを鮎川も考えたのだろう、

「そうだ、君から何か僕に質問はあるかな？」

打って変わった明るい口調でそう言い、僕の顔を覗き込んできた。

「質問……」

そういえば彼のことを何一つ知らなかったのだ、ということに問われて初めて気づいた僕は——我ながら呑気すぎるとは思う——何から聞こうかなと頭を巡らせたのだが、そんな僕を前に鮎川はまさに立て板に水のごとく滔々《とうとう》と喋り始めた。

「簡単に自己紹介しようか。鮎川賢、中野に事務所を構えている有能な私立探偵だ。年齢は三十路《みそじ》過ぎ、身長百七十九センチ、体重六十八キロ、趣味はドライブにゴルフ、特技は変装」

「へ、変装？」

いきなり披露された彼のプロフィールを僕は啞然《あぜん》として聞いていたのだったが、最後に言われた『特技』の特殊さには思わず突っ込みを入れずにはいられなかった。

「そう。変装。学生時代、演劇を少し齧《かじ》っていてね。趣味が高じて仕事にも活用しているんだ」

「それであのときも……」

僕の脳裏には逮捕直前にバーで見た絶世の美女の姿が蘇《よみがえ》っていた。

「特に女装は得意分野だ。友人にハリウッド映画のメーキャップアーティストだった男がいてね、ハートブレイク……早い話が失恋して帰国したんだが、今は日本映画で活躍中だ」

「ハリウッド……」

特殊メークというやつだろうか。薄暗がりの中ではあったが、確かにあの美女には胸があったように思う。なるほど、ハリウッド仕込みか、と納得しかけた僕だったが、根本的な疑問に気づいた。

「あの……」

「なに？」

にこ、と酔いで若干潤んでいる瞳を細めて僕の顔を覗き込んできた鮎川に、僕は頭に浮かんだままの問いを口にした。

「なんであのとき、あの場にいたんです？　しかも女装して」

「ああ」

鮎川は一瞬虚を衝《つ》かれたような顔になったが、すぐにまた笑顔に戻った。

「別件の捜査で偶然居合わせたんだ。いきなり捕り物が始まったので驚いたよ」

「そうなんですか」

偶然か——なぜかひっかかるものを感じ、その正体を見極めようと首を傾げかけた僕の耳に、鮎川の能天気なくらい明るい声が響いてきた。

「まあそのおかげでこうしてトモと会えたわけだから、運命ってわからないものだよね」

「トモ??」

僕のことか、と驚いて顔を上げると、

「智彦君じゃ呼びにくいからこれから君をそう呼びたいんだけど、いいだろう?」

にこにこと屈託のない笑みを浮かべた鮎川が僕の顔を覗き込んでくる。

「別にいいですけど……」

なぜに名字の『竹内』と呼ばないのかとか、『智彦』も決して呼びにくくないだろうとか、突っ込むところは多々あったが、『トモ』という呼び名を拒絶する理由もないか、と僕はしぶしぶ頷いた。

「よかった。それじゃ僕のことは『ボス』と呼んでくれないか」

「ぼ、ボス?」

確かに上司——というか雇用主だから『ボス』は順当な呼び名なのだが、なぜに『ボス』なのだと首を傾げた僕が聞く前に、鮎川はあまりに馬鹿馬鹿しいその理由を教えてくれた。

「一度呼ばれてみたかったんだよねえ。『所長』もいいかなと思ったんだけど、『ボス』の方が響きはかっこいいかなと思ってね」

「……かっこいい……」

なんたるミーハーぶりだと呆れている僕の心中になどまったく気づかないように鮎川は、

「ちょっと呼んでみてよ」

と新たな呼称を強要してきた。

「……『ボス』」

「なんだい？　トモ」

「…………」

呼べと言われたから呼んだだけだと冷めた答えを返すより前に、

「やっぱりいいねえ」

鮎川は悦に入りまくり、それからことあるごとに『ボス』と呼ぶことを強要し、果てしなく僕を疲れさせてくれたのだった。


こうして僕の探偵助手としての一日は何事もなく——まあ、探偵助手になった時点で充分『何事』かはあったのだけれど——平和に暮れていったのだが、翌朝飛び込んできたショッキングなニュースが、僕をこの束の間の平和から新たな事件へと駆り立てることになった。

僕と鮎川が中野のエスニック料理屋で『ボス』『トモ』と呼び合っているちょうどその頃、僕が叔父に頼まれ札束入りの封筒を渡した姫井秘書が、横浜《よこはま》のホテルの客室で死体となって発見されたのである。

5

姫井秘書の自殺を僕はテレビのニュースで知った。

前の晩、『歓迎会』から帰ってくると鮎川は、自分の朝食の時間は八時で、朝は和食が好ましい、と勝手なことを言い、さっさと自室へと引っ込んでしまった。

僕は仕方なく朝七時には起き、近所のコンビニに買い物にでも行くかと思いつつもいつもの習慣でテレビをつけたのだったが、ちょうどそのとき、アナウンサーが姫井の死体が発見されたというニュース原稿を読んでいて、画面に目が釘付けになってしまったのだった。

放送された内容はごく簡単なものだった。パンパシフィックホテル横浜の一室で、飯塚代議士の第二秘書である姫井宏次（35）の死体が発見されたという、それだけのものだ。姫井は収賄事件がらみで警察に行方を追われていたということにも簡単にアナウンサーは触れ、自殺他殺の両面から警察は捜査していると結んでいた。

一通りニュースを見終わると、僕は急いでビルの一階にある郵便受けに朝刊を取りに行き開いてみたが、時間的に間に合わなかったのか記事は載っていなかった。次に僕はチャンネルを次々に変え、姫井のニュースをやっている局を探したのだが、地方の呑気なレポーターの笑顔やら、不倫が発覚した有名俳優の釈明会見が映し出されるだけで、見たいニュースにはなかなか行き当たらなかった。

まったくもう、と苛立《いらだ》つあまりテレビのリモコンを乱暴にテーブルへ投げ出したとき、

「おはよう」

カチャ、と扉が開いた音とともにあまりに呑気な声が背後から響いてきた。僕は振り返り、ちょうどシャワーを浴びたあとらしく濡れた髪を拭《ぬぐ》いながらにこにこと僕に微笑みかけている鮎川に、半ば呆然としたまま挨拶を返した。

「……おはようございます」

「なに、どうしたの？」

余程僕は追い詰められた顔をしていたのか、鮎川が端整な眉を寄せ歩み寄ってくる。

「姫井秘書が……」

「え？」

「横浜のホテルで自殺したって、今ニュースで言ってて」

「なんだって⁉」

鮎川のリアクションは僕の想像よりもずっと大きかった。さっと顔色が変わったかと思うと、僕が放り出したリモコンを手にし、次々とチャンネルを回したあとは、やはり僕が開いたままにしておいた新聞を手に取ろうとした。

「まだ新聞には載ってなかったです」

「で、どういう状況だか君は聞いたかい？」

ちょうど今は芸能ニュースの時間帯なのか、どのチャンネルを回しても目当てのニュースをやる気配がないことがわかると、鮎川は先ほどの僕と同じように、乱暴にリモコンをテーブルの上に放り投げ、僕へと真剣な眼差しを向けてきた。

「あまり詳しくは報道されてませんでした……横浜のホテルで死体となって発見されたことと、警察は自殺と他殺の両面から捜査をしているということと……あとはあの、収賄がらみで警察に追われていたとか、そのくらいで……」

「そう」

鮎川はじっと僕の話を聞いていたが、やがて髪を拭いながら事務所へ続くドアへと向かっていった。なんとなく僕も彼のあとを追う。

鮎川は自分のデスクに歩み寄ると、固定電話を取り上げどこかにかけ始めた。

「あ、もしもし。僕だ」

一体誰にかけているのか、今まで僕に見せたことのない真剣な表情で彼は電話の相手とぼそぼそと何かを喋っていたが、すぐに電話を切ると、見るとはなしにその様子を見ていた僕へと視線を向けてきた。

「ちょっと出かけてくるよ。留守番を頼む」

「え……」

留守番って何をすればいいのかと問いかける間さえ与えず、鮎川は髪を拭いながら再び私室へと戻っていってしまった。

「あの……」

バタン、とドアが閉まり、彼への呼びかけの声が遮られる。

一体どうしたというのだろう。朝食の支度はしなくていいのだろうか、と僕が戸惑っている間に鮎川は濡れた髪のまま出ていってしまい、その日は午後三時くらいまで事務所に帰ってこなかった。

『留守番』の仕事はなかなかに大変だった。依頼の電話が数本あったが、しどろもどろに応対した挙げ句に全部『かけなおす』と連絡先を聞くに終わった。そうしている間にもどうにも姫川の自殺のことが気になってしまい、ニュース番組があるたびにテレビをつけては各局をチェックし、インターネットで何か情報が流れないかと新聞社のサイトを見に行ったりした。

午後三時少し前、ようやく鮎川が帰ってきた。僕が受けた仕事の依頼の電話にコールバックし、「今はちょっと受けられない」と丁重に断っているのを横目に、ちょうどニュースが始まったテレビに注目していた僕は、

「トモ」

と大きな声で名を呼ばれ、慌てて鮎川のデスクへと駆け寄っていった。

「なんでしょう」

「君の叔父さんの――竹内光雄さんのことなんだけどね」

「え」

いきなり叔父の名を出され、僕は驚いて鮎川の顔をまじまじと見やってしまった。

「なに？」

「いえ……」

考えてみたら僕がこの事務所に労働奉仕しているのも、この『カラダ』で依頼料を払うためなのだから、話題を出されて驚くというのもどうかと思う。せっかく鮎川がその気になってくれたのに水を差すこともないだろうと僕は慌てて、

「叔父さんが何か？」

と逆に彼に問い返した。

「トモの話だと、叔父さんは会社では贈賄の罪に手を染めたというよりは、贈賄に見せかけ私腹を肥やしているということになっているんだよね」

「ええ……そう言ってました」

僕の脳裏に、僕にそれを教えた中本係長の嫌味ったらしい喋り口調が蘇っていた。

「証拠の書類もあると言っていたんだっけね？」

「ええ、叔父の金で『寄付金』として五億もの金が会社から引き出されている、その証拠の書類があると……」

「そして君は、叔父さんはそんなことをするわけがないと思っている」

「当たり前です」

僕が思っているのではなく、事実なんだと気色ばんだ僕を鮎川は、

「まあまあ」

と笑って制すると、再び真剣な表情となり顔を覗き込んできた。

「もしその『証拠の書類』が君の叔父さんを陥れるために捏造《ねつぞう》されたものであるとしたら、そんなことができるのは誰か、心当たりはあるかい？」

「捏造、ですか……」

どうだろう、と僕は首を捻った。

「そう、書類の捏造だけじゃない。実際五億もの金が動いているんだろう？　そんな大金を動かせるだけの人物に、誰か心当たりはないかな？」

「………うーん……」

心当たり、といわれても入社半年しか経っていない僕には、恥ずかしながらなんのアイデアも浮かばなかった。考え込んでしまった僕の口が開くのを鮎川は辛抱強く待っていたが、こりゃ駄目だと踏んだらしく、角度を変えて問いかけてきた。

「五億の金が実際『賄賂』として使われたものだとしても、または叔父さんじゃない他の誰かが横領したものであったとしても、そんな証拠書類を作り、それを叔父さんが作ったものだと発表できるのは叔父さんに近しい人物――直属の部下か上司になると思う。おじさんの口をどう塞いでいるのかは別問題としてね」

「……そうですね……」

「どうだろう、どちらの可能性が高いかな」

「…………」

許されるのなら『さあ』と首を傾げたかったが、誰のために考えてると思ってるんだと怒鳴りつけられそうな気がして、僕は必死に頭を絞った。

「……具体的に君にその『証拠の書類』があることを教えたのは誰だい？」

またも黙り込んでしまった僕から言葉を引き出そうと、鮎川は再度質問を変え問いかけてきた。

「中本係長です……叔父さんの直属の部下でした」

「彼には書類を捏造することができたと思うかい？」

「……はい。多分」

「それじゃ、叔父さんの上司はどうかな？」

「総務部長は三上《みかみ》取締役が兼任しているんですが……」

問われるままに答えた僕は、あることに思い当たり、あ、と声を上げそうになった。

「どうした？」

「中本係長、やたらと三上取締役に取り入ろうとしてました。腰巾着《こしぎんちゃく》っていうか、太鼓持ちっていうか……三上取締役もそれが満更でもないようで、叔父さんを飛ばしてよく中本係長を、夜、誘ってました。叔父さんはそういうの気にしない人だったので、特に何も言ってませんでしたが……」

「叔父さんの上司と部下が密接な関係だったたっていうんだね」

「はい」

「……怪しいな」

鮎川が低く呟く。言われてみればこの二人が結託すれば、叔父を陥れることなどわけないだろう。それに今初めて気がつく自分はなんてぼんやりしていたんだ、と僕は唇を噛んだ。

「なんとかその二人から、話が聞けないだろうか」

鮎川が相変わらず真剣な眼差しでじっと僕を見据えてくる。

「……うーん……」

たとえ僕が話を聞きにいっても、中本係長は何も喋りはしないだろう。三上取締役なんて、部長とはいえ話したことがあるのはわずか数回で、向こうが僕の顔と名前を知ってるかすら怪しい。

そんな相手に、どうやって話を聞けばいいのだと僕はまたも頭を捻りに捻ったのだが、いい考えは何一つとして浮かばなかった。

「二人してよく飲みに行ってたとさっき言ってたね。行きつけの店はなかったんだろうか」

「銀座《ぎんざ》の高級クラブの伝票がよく回ってきました……お気に入りの子がいるとかいないとか、先輩がそんなことを言ってたような……」

「その店の名前、わかるかい？」

「……たしかＣ《コ》ｏＣ《コ》ｏだったか……」

自力では何一つ思い出せない僕からさまざまな情報を巧みに引き出す鮎川の手腕は素晴らしい――感心している間に考えろ、と言われてしまいそうだが、こうして三上取締役と中本係長の行きつけのクラブの名を思い出すことができたのもすべては鮎川のおかげだ、と僕は目の前で、

「なるほど」

と頷いている彼に尊敬の眼差しを向けてしまっていた。

「酒の席では口も軽くなるだろう……ＣｏＣｏで話を聞くとするか」

「え……でも……」

だが鮎川が、いかにもいい考えだ、というように目を輝かせて言ったその言葉には、素直に同調することはできなかった。

「でも？」

なに、というように鮎川が端整な眉を顰めて僕を見る。

「確かそのクラブの請求書、一晩で十万近くしてましたよ。それに、ホステスさん相手なら口も軽くなるかもしれないけど、僕じゃあ軽くあしらわれて終わると思うし……」

何より『探偵』である鮎川が話を聞きになど行けば、貝のように口を閉ざすのは目に見えている、と言おうとした僕の前で、鮎川は――笑った。

「そうだね。僕もまったく同意見だ」

「……え……」

にこにこと笑いながら、鮎川が僕の両肩をがしっと摑む。

「好みの可愛いホステス相手なら、口も軽くなるというものだ――トモもそう思ってくれていたとはありがたいな」

「……え……？」

いや、自分や鮎川と比べればまだ、という意味合いで『ホステスさんなら』と言っただけなのだけれど、と言おうとした僕は、続く鮎川の言葉に驚愕《きょうがく》のあまり絶叫していた。

「それじゃ、トモにホステスになってもらおうか」

「ええーっ？？？」

大声を上げた途端、からかわれたな、と気づき、「ふざけるな」と鮎川を怒鳴りつけようとしたのだが、鮎川はさっさと僕から離れるとポケットから取り出した携帯でどこかに電話をかけ始めてしまった。

「あの……」

「あ、もしもし？　キャロル？　僕だけど。すぐ来てくれ。商売道具一式もってね」

きびきびと電話を済ませたあとには、パソコンへと向かい、

「銀座のＣｏＣｏだっけね」

と検索を始める。

「あの～」

「ここか……うーん、幸恵《ゆきえ》さんに頼んでみるか」

僕の話など聞こうともせず、またも鮎川は携帯を取り出し、電話をかけ始めてしまった。

「あ、幸恵さん？　どうも、鮎川です。悪いんだけど一つお願いがあってね」

「あの～」

慌ただしく動きまくる鮎川を前に、一人取り残されてしまった僕は、一体これから何が始まろうとしているのかと呆然としていたのだが、『呆然』が『驚愕』に変わるのにそれほど時間はかからなかった。

十五分ほどした頃だろうか。

「お邪魔しますぅ」

事務所のドアが勢いよく開いたと同時に、言葉遣いには似合わぬ野太い声が室内に響き渡り僕を驚かせた。

「やあ、キャロル」

驚く僕を尻目に、ちょうど何本目かの電話を終えた鮎川が、その人物へと駆け寄ってゆく。

「お待たせしちゃってごめんなさいねえ」

そんな鮎川に向かい、シナをつくってみせているのは、どこからどう見ても——オカマ、しかもやたらとゴツいオカマだった。

身長は百八十近くある鮎川より十五センチは高かったが、ふと足元を見ると十センチほどのピンヒールを履いていたので、差し引き百八十五センチ、といったところだろうか。鮎川もすらっとしてはいるもののなかなかいい身体をしていたが、このオカマの胸板は鮎川の軽く倍、僕なんかと比べれば三倍はあった。『K—1』に出ています、と言えば百人が百人信じるような、見事な体軀《たいく》である。まさに筋肉の塊、逞《たくま》しい身体をくねくねと不自然に動かしながら、オカマは——キャロルは鮎川に近寄ると、両手から荷物を離し彼の身体を抱き締めた。

「ハグハグ」

「ハグはいいから」

苦笑して身体を離した鮎川に、

「んもう、アユは淡白なんだから」

口を尖《とが》らせてみせるのは可愛子ぶっているつもりなのだろうか――唖然としていた僕の視線に気づいたキャロルが、

「どおもお。キャロルですう」

にっこりと今度は僕に向かって両手を広げてきたのに、『ハグ』されちゃかなわないと僕は慌てて身体を引いた。

「は、はじめまして」

「可愛いわねえ。僕、今日学校どうしたの」

「…………」

にこにこ笑いながらキャロルは僕を無理やり『ハグ』すると、少しもからかってる様子でなく真面目にそう問いかけてきた。

「彼はトモ。僕の助手で立派な社会人だよ」

僕が『ふざけるな』と怒鳴りつけるより前に鮎川が横から紹介してくれる。

「助手だなんてエッチねえ。淫行《いんこう》で引っ張られても知らないわよお」

「だから社会人なんだって」

『助手』のどこがエッチなんだかわからないが、そう言いケラケラ笑うキャロルを、鮎川は今度はぶすっとしている僕に紹介してくれた。

「彼がハリウッド仕込みの特殊メークの達人のキャロルだ。本名はやたらと男らしい名前で笑えるんだけどね」

「本名の話はNGよう」

きゃあ、とオーバーに悲鳴を上げてみせたキャロル――あとから僕は彼の名が木屋裕次郎《きゃゆうじろう》だということを知らされ、なるほどと納得したのだった――を鮎川は、

「そろそろ仕事にかかってくれよ」

と促した。

「オッケー。今日は何風？　この間はアンニュイな美女だったわよね」

キャロルは気を悪くするでもなく、にっこり笑って頷くと、来客用の応接セットへと歩み寄り持ってきた荷物の中からメークボックスを取り出し広げ始めた。

「いや、今日は僕じゃなくて、トモをお願いしたいんだ」

「へえ、この可愛子ちゃんを？」

鮎川の言葉にキャロルが顔を上げ、大きく見開いた目で僕を見つめてくる。

「む、無理ですよ」

驚いたのはキャロルだけじゃない、僕もまさか鮎川は本気だったのかとぎょっとし、慌てて彼らに向かって首を横に振った。

「無理じゃないわよう。メークなんかいらないんじゃないのお？　素顔で充分イケそうだわ

よ」

「素顔はマズいんだよ。今日のテーマは『劣情をソソるホステス』でお願いしたいんだけどね」

「れ、劣情？」

少しも僕の話など聞かず、しれっとそう言い放った鮎川に、そりゃ絶対無理だと僕は縋ろうとした。

「僕には役不足です。そんな、変装なんて」

「『役不足』っていうのは『その役には自分は勿体《もったい》無い』って意味だって知ってた？」

「え？」

思いも寄らない鮎川のリアクションに啞然とした僕の手をキャロルが引いてソファに座らせる。

「そうそう、謙遜《けんそん》の意味で使う人、多いんだけど、実際は全然謙遜じゃないのよねえ。役の方が不足してるって意味でさ」

言いながらキャロルは僕にヘアバンドを嵌《は》めて髪を上げさせると、化粧水を含ませたコットンで僕の顔を拭い始めた。

「そ、そうなんですか」

「ハリウッドの常識よう」

したり顔で頷いたキャロルに感心している間に彼は、僕の顔に色々な基礎化粧品を塗りたくってゆく。

「なるほど……」

「ハリウッドじゃ日本語は通じないよ」

可笑《おか》しさに耐えかねたように鮎川が吹き出したのに、僕は、

「あ」

とからかわれたのだという事実に今更気づいた。

「あのねえ」

「ハリウッドは嘘だけど、『役不足』の意味はホントよう。それにしても全然コンシーラーが必要ないってどういうことお？　くすみ一つない綺麗なお肌よねえ」

上げかけた抗議の声をキャロルはぐい、と僕の両頬を摑んで制すると、ちゃちゃっとファンデーションを塗り始めた。

「動かないでねえ。目ぇ閉じて……」

肌を作ったあとは目や眉を弄ってゆく。鏡を与えられてないので、自分の顔が今どういう状態になっているのかはわからないのだが、それにしてもなんという手際のよさだと心の中で舌を巻いている間に、

「できた」

最後、口紅の上にてろっとした油のようなものを塗った――リップグロスというのだそうだ――キャロルが明るい声を上げ、まじまじと僕の顔を見つめてきた。

「我ながら会心の作だわ」

「うん、素晴らしいね」

鮎川がにこにこ笑いながら僕の顔を覗き込んでくる。

「ウイッグはやっぱりロングがいいかしらねえ。裾《すそ》だけ巻いてあるみたいなやつ？」

「うん、似合いそうだね」

キャロルが大きなバッグの中からいくつか取り出した長髪の鬘《かつら》を見比べ、中の一つを僕の頭に被《かぶ》せた。

「いいんじゃなあい？」

「本当に。素晴らしいよ」

二人してにこにこ笑いながら見つめてくる僕は、今どんな顔をしているのかと首を傾げると、

「はい」

キャロルが大きめの手鏡を手渡してくれた。僕はおそるおそる鏡を持ち上げて顔を覗き込み――。

「げ」

鏡の中に現れた、どこからどう見ても『女の子』の顔をしている自分に驚き、手鏡を取り落としそうになってしまった。

なんというか――とても自分の顔とは思えなかった。まるで人形のような可愛らしい女の子が、やはり驚いたような顔をして鏡越しに僕を真っ直《ます》ぐに見つめている。

「劣情をソソる美女ってよりは、なんか森の妖精チックになっちゃったわねえ」

「資質の問題だろうな。トモは妖婦《ようふ》というよりニンフなんだろう」

「養父に妊婦？」

傍らで勝手なコメントをつけているキャロルと鮎川にそう問い返すと、彼らは一瞬きょとんとした顔になったあと、二人して爆笑した。

「お子様ね～」

「やっぱりニンフだ」

「あの～」

げらげら笑う二人に、一体何がそんなに可笑しいんだと眉を顰めた僕の背をキャロルはバシッと叩くと、

「そうそう、お洋服もなんとかしなきゃならないわよね」

笑いすぎて涙が滲《にじ》んできた目を擦《こす》りながら立ち上がった。

「てっきりアユがするんだと思ったから、持ってきてないのよ。すぐ取りに行ってくるわ」

「悪いな」

　鮎川がキャロルに歩み寄る。

「いいのよ。偽胸も一緒に持ってくるから。待っててね」

パチリ、と音が出そうな勢いでつけ睫――だと思う――を瞬かせ、キャロルは入ってきたときさながらの素早さで部屋を飛び出していってしまった。

「…………」

嵐が去ったようだと呆然と彼の――といっていいんだろうか。『彼女』とは言い難いものがあるが――後ろ姿を見送っていた僕の傍らで、くすり、と鮎川が笑いを漏らす。

「……あの」

「本当に似合ってる」

にっこりと目を細めるようにして笑った鮎川は、僕が座らされていた来客用ソファへと腰を下ろす。肩を抱かれてあまりに近いところから潤んだ瞳で見つめられ、頬にかっと血が上ってきてしまった。

どうしたというのだろう――ドキドキとやたらと速まってくる鼓動に戸惑いながら、鮎川を見返していると、彼は更に顔を寄せてきて僕をぎょっとさせた。

「あの」

「こんなに可愛い子は滅多にいないが……惜しむらくは色気が足りないな」

「色気？」

くす、と笑った鮎川の息が頬にかかった。どき、とまた一段と胸の鼓動が速まったと思ったときには、なんと鮎川の手が僕の太股《ふともも》に置かれていた。

「あの？」

「今回の作戦は色仕掛けだからね。これでもかというくらいにフェロモンを垂れ流してもらいたいな」

「あのっ」

鮎川の言葉の意味を考えることは、彼がしかけてきた行為に驚いている僕には到底無理だった。なんと鮎川は僕の肩を抱き寄せると、太股に置いた手をそのまま上へと——足の付け根へと滑らせてきたのだ。

「な、何を……」

「官能的な顔をしてごらん」

ね、と目の前で鮎川が端整な顔を笑いに綻《ほころ》ばせた、と思った次の瞬間には、彼の唇に唇を塞がれていた。

「ん……っ」

何が起こっているんだ——？　驚愕が僕の思考を完全にストップさせていた。誰がどう見てもこれはキスだろうと思うのに、そんな現象は起こりようがないという思い込みが僕から認識力を奪っていたのだ。だがいつまでも呆然とはしていられなかった。鮎川の舌が僕の口内に挿し入れられ、僕の舌をとらえて強く吸い上げてきたと同時に、服越しにぎゅっと自身を握られ、僕はぎょっとして彼から逃れようと今更の抵抗をし始めた。

「……っ」

抱き寄せられた胸に両手をついて突っぱねようとした僕は、そのままソファへと押し倒されてしまった。彼の手が器用に唇を塞がれたままの僕のシャツのボタンを外し、ジーンズのファスナーを下ろしてゆく。

やめろ、と言いたいのに言葉を発することもできず、かといって顔を背けることもできない。やがて彼の手が外したボタンの間から僕の胸を数度擦り上げたあと、指先で胸の突起を摘《つ》まんできたのに、僕の身体は自分でも驚くくらいに、びく、と大きく震えてしまった。

「……ぁっ……」

塞がれた唇から声が漏れる。喘《あえ》いでいるようにしか聞こえない声に動揺する間もなく、鮎川は片手で胸を弄《いじ》りながらもう片方の手を僕の下半身へと滑らせてきた。

「……やっ……」

トランクスの中に手を突っ込まれ、ぎょっとして身体を竦ませた僕のそれを何のためらいもなく握った彼がゆるゆると扱《しご》き上げてくる。ぞわりとした感覚が下肢から背筋を這《は》い上るのに捩《よじ》った身体を、胸を弄りながら鮎川がソファに押し付けてきた。

「……や……っ………あっ……」

いつの間にか鮎川の唇は僕の唇からはずれ、首筋から耳へと移っていた。舌が挿し入れられた耳から頭の中にくちゅくちゅと濡れた卑猥《ひわい》な音が響き、僕の意識を朦朧《もうろう》とさせてゆく。耳から下りていった唇が首筋を辿り、散々弄り回された胸の突起に辿りついて、強く吸い上げてきたときには、電撃のようなその刺激に僕はソファの上で大きく背を仰《の》け反《ぞ》らせていた。

「あっ……あぁっ……」

甘ったるい声が室内に響いている。それが自分の唇から発せられたものだという自覚がときどき僕の中に蘇ってはくるのだが、鮎川の手が、唇が与える刺激が僕から思考力を奪っていった。胸の突起を軽く噛まれ、またも僕の身体が大きく仰け反ったとき、鮎川の手が僕のジーンズをトランクスごと一気に引き下ろし、真っ昼間の明るい室内で僕は下半身裸にされてしまった。

「やっ……」

さすがにこれにはぎょっとし、慌てて鮎川の手から逃れようと身体を起こしかけたが、一瞬早く鮎川は僕の両腿《りょうもも》を抱え上げて僕の動きを制すると、なんとその端整な顔を僕の下肢へと埋《うず》めてきた。

「な……っ」

自分の身に起こりつつある信じられない光景にぎょっとしたのも一瞬だった。胸への愛撫《あいぶ》で勃ちかけていた自身をすっぽりと口に含まれ、あまりに熱い彼の口内を感じた瞬間、僕の頭からは思考力が完全に吹き飛んでしまっていた。

「あっ……はぁっ……あっ……」

舌が先端に絡まり、鈴口をぐりぐりと割られる感覚は、今まで僕が得たことのない大きな快感だった。童貞ではないと胸を張った僕だが、それほど性的経験に恵まれていたわけではなかった。高校時代に付き合っていた彼女とままごとのようなセックスをしたくらいで――ちなみにその子とは大学に入ったときに別れてしまい、それ以降哀しいことに女の子との付き合いとは縁遠くなってしまっていたのだった――いわゆる風俗にも無縁だった僕は、フェラチオをされた経験がまったくなかったのだ。

「あぁ……んっ……あっ……あっ……あっ……」

それゆえ他と比べることはできなかったけれど、同性ならではの感じるツボを心得ているというかなんというか、鮎川の口淫はあまりに巧みで、僕の雄はあっという間に勃ちきり、先端からは早くも先走りの液を零《こぼ》しはじめてしまっていた。

「あっ……あぁっ……はぁっ……あっ……」

じゅるじゅると音を立てて鮎川がそれを吸い取り、裏筋に舌を這わせてゆく。どくどくと性器が脈打つ音が鼓動の音に重なり、わんわんとまるで耳鳴りのように頭の中で響いている。薄く開いた目に映るのは、鮎川に弄られ続けて紅く色づいてしまった己の胸の突起と、僕の両脚を抱え上げ、口淫を続ける鮎川の茶色がかった綺麗な髪で、僕はなんだかたまらない気持ちになり、手触りのよさそうなその髪をきゅっと両手で掴んでしまった。

「……っ」

痛みを覚えたのか鮎川が僕を口に含んだまま顔を上げ、じっと僕を見上げてくる。

「……やっ……」

形のいい唇の間から覗く自身の雄のグロテスクな様子は、僕を羞恥《しゅうち》へと追いやり、たまらず目を背けはしたものの、なぜか彼の口の中でそれはどく、と更に大きく脈打ち、尚更《なおさら》に僕をいたたまれない気持ちにさせた。

「…………」

くす、と鮎川が笑った声が聞こえたような気がした次の瞬間、勢いよく自身を扱き上げられ、僕は一気に快楽の絶頂へと引っ張り上げられることになった。

「あっ……はぁっ……あっ……あっ……」

きつく絡めた舌で先端を、指先で茎を刺激され、ついに耐えられず僕は彼の口の中で達してしまった。

「あぁっ……」

失墜する感覚に眩暈《めまい》を覚え、きつく目を閉じた僕の耳に、早鐘のような己の鼓動の音と共に、ごく、と鮎川が何かを飲み下す音が響いてきた。

それが僕の放った精液を飲んだ音だということに気づいたのは、彼が僕の下半身から顔を上げ、ずりずりと身体を上へと移動し僕の顔を覗き込んできたときだった。

「大丈夫？」

にこ、と笑った彼の頬はやたらと紅潮し、瞳はきらきらと星の煌きを呈していて、あまりの美しさに僕は彼の顔をぼうっと見上げてしまっていた。

綺麗だ――長めの前髪が乱れて――きっと僕が摑んでしまったからだ――白い額に落ちている。顰められた形のいい眉といい、潤んだ瞳を縁取る長い睫といい、高い鼻梁《びりょう》といい、紅く色づき、輝きを発している唇といい、ここまで完璧な神の造形はないのではないかと思われる鮎川の、端整という言葉では足りぬほどに整った美しい顔に、僕の目はそのとき釘付けになってしまっていた。

「……トモ？　大丈夫かい？」

何も喋らない僕を案じてか、再び鮎川の、濡れて煌く唇が動く。

濡れて――そのとき不意に、彼の唇が一体『何に』濡れているのかに僕は思い当たった。

同時に自分が置かれている状況がいかに不自然極まりないことかにも気づいた僕は、慌てて身体を起こすと覆いかぶさってくる鮎川の胸を両手で突いた。

「いて」

「『いて』じゃないです！　何やってんですかっ」

はだけたシャツの前を合わせ、下ろされたトランクスとジーンズを引っ張り上げる。

「何って……ナニだけど」

「あのねえっ」

どう聞いてもふざけているとしか思えない鮎川の口調に、羞恥と怒りがないまぜになり、ほとんど憤死しかけていた僕が彼を怒鳴りつけようとしたそのとき、

「ほら」

不意に目の前に手鏡を差し出され、思わず中を覗き込んだ僕は、そこに映っていた女の色香溢《あふ》れる顔に驚き、出かかった怒声を引っ込めてしまっていた。

「……あ」

鏡の中の女の、口紅の剝《は》げた口が僕の声とともに開かれる。それを見て初めて僕は、鏡の中の女が自分であることに気づいた。

なんてぼんやりしてるんだと呆れられるかもしれないが、とても自分の顔だとは信じられないほどに、鏡の中の女はなんというか――色っぽくて魅力的だったのだ。

一体どうしたことかと僕は怒りも忘れ、手鏡を鮎川から奪うとまじまじと鏡の中を覗き込んだ。乱れて頰に張り付く髪といい――あれだけ快楽に耐えられず動きまくったというのに少しもずれない鬘の性能にも僕は感心していた――紅潮した頰といい、焦点が合ってないような潤んだ瞳といい、まさにそこには『劣情をソソる』女が映っていて、思わず自分の顔を

前にごくりと生唾《なまつば》を飲み込んでしまったそのとき、

「ごめんなさいねえ、遅くなったわあ」

ノックもなしにドアが開かれたと同時に、素っ頓狂なほどに明るくそして野太いキャロルの声が響いてきて、『自分の顔に見惚れる』という状況から僕ははっと我に返ったのだった。

「すまない、キャロル。口紅だけ塗り直してもらえないかな」

「いいけどお？」

にこにこ笑いながら鮎川が僕の肩を叩き、意味深に片目を瞑《つむ》ってみせる。キャロルは僕の前に回りこみ、僕の顔をまじまじと、それこそ穴でも開くんじゃないかという勢いで眺めたあと、

「……ふうん」

これまた意味深に笑い、鮎川をちらっと見やった。

「なに？」

「よくやるわねえ」

にたりと笑って肩を竦めたキャロルは、すべてお見通し、というようにまた僕をちらと見やる。いたたまれなさから顔が上げられなくなった僕に比べ、鮎川はまさにポーカーフェイスの涼しい顔で、

「なんのことかな？」

と同じく肩を竦めてみせただけだった。

「まあいいわ。フェアリー系だけじゃなく、色っぽい系のドレスも持ってきておいてよかったってことで」

キャロルも心得たものなのか——どういう心得かは別としてだが——また軽く肩を竦めたあと、真っ赤な顔をしている僕に口紅を塗り直し、持ってきた袋の中からドレスと、ゴムだかシリコンだかよくわからない物体を取り出した。

「あの？」

「偽胸よ。ホントは一人一人型を取るんだけど、時間がないからスタンダードで。明るいトコはアウトだけど、店の中なら大丈夫でしょ」

ほら、脱いで、とキャロルにせかされるままに服を脱ぎ——紅く色づく胸の突起を見た彼はまた、「ふうん」と意味深な顔をして傍に立っていた鮎川を見やり、僕を再びいたたまれない気持ちにさせた——そのゴムなんだかシリコンなんだかわからない偽胸を装着したあと、彼が持ってきた赤いドレスを着せられた。

「脱毛いらずなんて、ホント羨ましいわあ」

スポーツ選手が身につけるサポーターでナニを押さえ込み、網《あみ》タイツをはかされる。全体的に体毛が薄いのはコンプレックスでもあったのだけれど——それで子供っぽく見られてしまっていたからだ——こういうときには役立つようで、キャロルは心底羨ましそうな声を上げ、網タイツをはいた僕の足をまじまじと見やった。

「はい、完成」

どう？　とキャロルが僕の両肩を摑んで、鮎川の方へと身体を向ける。

「ほお」

鮎川は僕の姿に目を見開いたあと、後ろに立つキャロルに向かい、立てた親指を示してみせた。

「キャロル、グッジョブ」

「サンキューソーマッチ」

うふふ、とキャロルも右手の親指を立てて鮎川に示してみせる。彼がどれだけ『いい仕事』をしたかは、「あんたも見てきなさい」と洗面所に追いやられ、自ら鏡を覗いたときに実感することができた。

「すごい……」

赤いドレスを着た美女が——とても僕とは思えない煽情《せんじょう》的な美女が鏡の中から僕を見ている。これなら僕と気づかれぬ上に、中本係長から何か話を聞き出すことができるかもしれない、と僕は鏡に向かい、「よし」と拳《こぶし》を握り締めた。鏡の中の美女も拳を握り締め、きらきら輝く瞳でじっと僕を見返してくる。なんだか変な気分になりそうになっていた僕は、

「トモ、行くよ」

事務所から響いてきた鮎川の声に、はっと我に返った。

「はい」

いよいよ活動開始だ。叔父捜しの第一歩が始まるのだと再び僕は「よし」と気合を入れると、鮎川の待つ事務所へと取って返した。

「それじゃ、行こうか」

昨日のように、仕立てのよさげなスーツに身を包み、いかにも『エリートサラリーマン』の様相を呈している鮎川がにこにこと微笑む横で、

「頑張ってねえ」

やはりにこにこと――顔全部のパーツが大きいからか、『にこにこ』と言うには随分豪快な笑いに見えてしまうのだが――キャロルが僕に檄《げき》を飛ばしてくれる。

「はい、頑張ります」

「だめよう、もっと可愛く、色っぽく、セクシーにねっ」

答えた途端、キャロルに叱り飛ばされ、そうだったと僕は瞬時にして反省した。

「まあそれはおいおい。現地に着くまでに練習しよう」

鮎川が僕の肩を抱き、ぱちりと片目を瞑ってみせる。

「現地……」

「ＣｏＣｏで中本係長を待ち伏せる――首尾よく頼むよ、トモ」

「はい」

心持ち高いトーンで答えてみた僕に鮎川が「その調子」と笑いかけてくる。

うまくいくのだろうか——胸には不安が渦巻いていたが、まずは行動だと再び気合を入れ直し、用意されたピンヒールの頼りなさによろよろしながら、僕は鮎川とともに事務所をあとにしたのだった。

6

銀座《ぎんざ》の『CoCo《ココ》』は僕が想像していた以上に高級なクラブだった。ビルのワンフロアを貸り切った広々とした店内の装飾はいかにも高級感漂うデコラティブなもので、働いているホステスさんは皆、びっくりするくらいに美人ぞろいだった。

一介のサラリーマンであるはずの中本《なかもと》係長が、こんな高級クラブの常連であるという事実に今更のように驚いたのだが、いくら常連だからといってもそう毎晩来るわけもない。今夜こうして変装したはいいがどうやって彼をおびき出すのだろうという僕の心配は杞憂《きゆう》に終わった。何から何まで鮎川《あゆかわ》がお膳立《ぜんだ》てしたとおりにことが進んでいったからである。

鮎川の事務所を出たあと僕たちは銀座に向かったのだが、鮎川が僕を連れていったのは『CoCo』ではなかった。

「あらいらっしゃい。待ってたわ」

銀座八丁目、瀟洒《しょうしゃ》なビルの最上階にある『クラブ夢《ゆめ》』という、CoCoに勝るとも劣らない高級クラブで僕たちを待っていたのは、鮎川が電話をしていた『幸恵《ゆきえ》さん』という女性だった。

「また助けて欲しいんだけど」

「いつものような面白いお話なら大歓迎よ」

聞けば幸恵さんはこの『クラブ夢』のオーナーママだそうだ。銀座に店を出して三十五年、今や押しも押されもせぬナンバーワン店であるだけでなく、銀座では『この人あり』と一目も二目も置かれている人物なのだという。面倒見のいい彼女に世話になったホステスが今や『高級店』と言われるクラブのママになっているらしく、皆から『お母さん』と慕われるいわば『銀座の母』のような存在であると鮎川が僕に紹介するのに、

「もう『母』ってよりは『生き字引』って感じよねえ」

と笑った幸恵さんはどう見ても三十代後半にしか見えなかった。和装に身を包んだ身体《からだ》のラインといい、妖艶《ようえん》でありながら品のある小作りな美貌《びぼう》といい、銀座に出店して三十五年ということは軽く五十を超しているだろうにと、ついつい白磁のような綺麗《きれい》な肌に僕が見惚《みと》れてしまっている間に、鮎川はちゃっちゃっと仕事の話を進めていった。

「……そういうわけで、ＣｏＣｏに彼女を潜り込ませたいんだけど、口を利いてもらえないかな」

「ＣｏＣｏ……雅代《まさよ》ちゃんの店ね。あそこも最近、景気がよさそうよねえ」

まかせて、といとも簡単に頷《うなず》いた幸恵さんはすぐに電話をかけてくれ、あっという間に鮎川の『お願い』を叶《かな》えてくれたあと、ぼうっと彼女に見惚れたままでいた僕へと視線を向け

てきた。

「これだけ綺麗な子なら、アタシの力なんかなくても働けたでしょうに」

「そ、そんな……」

じっと見つめられると吸い込まれてしまいそうな吸引力のある黒い瞳を前に、どぎまぎして顔を伏せた僕に向かい、幸恵さんは尚《なお》も言葉を続けた。

「どう？　鮎川君のところなんかやめて、ウチで勤めてみない？　すぐにナンバーワンになれると思うけど」

え、と思わず絶句した僕の肩を、鮎川がにやにや笑いながら抱いてくる。

「ここをゲイバーにしたいのなら止めませんがね」

「あら、男の子だったの」

さすが銀座の母、肝っ玉が据わっているのか驚き方も淡白だった。

「それならしょうがないわね」

あっさりそう頷いたあとは、簡単に僕にホステスのイロハを教えてくれた。

「常に気を張ってね、お客様が今、求めているものは何かを考えるのよ。先回り先回りを心がけてね」

「はい」

「人の話を聞くときにはじっと目を見なさいね。相槌《あいづち》なんか適当でいいのよ。聞いてますっていう姿勢が何より大切よ」

「はい」

「幸恵ママのレクチャーを受けられたなんてラッキーだよ。本当にナンバーワンになれるかもしれない」

茶々とは言い切れない鮎川の言葉に頷きつつ『クラブ夢』をあとにした僕たちは、早速『ＣｏＣｏ』へと向かい、幸恵ママが話を通してくれた雅代ママの前で「お世話になります」と頭を下げた。

「幸恵ママからの頼みですもの。なんでも言ってちょうだい」

雅代ママはいかにもこの超高級店を取り仕切っているだけのことはある、圧倒されるような美貌の持ち主だった。鮎川と二人並ぶとまさに圧巻、という感じで、この絶世の美男美女二人に思わず僕はまたぼうっと見惚れてしまっていた。

「お言葉に甘えて一つお願いがあるのですが」

「あら、何かしら」

小首を傾《かし》げる様子もコケティッシュな魅力が溢《あふ》れている雅代ママに、鮎川が申し出た『お願い』は、中本係長を今夜店になんとか来させることはできないかというものだった。問題はそこなのだ、と大きく頷いた僕の前で、

「そんなの、おやすいご用よ」

雅代ママがいとも簡単に言ったものだから、僕は思わず、「え？」と驚きの声を上げてしまった。

「大丈夫。中本さんは慶子《けいこ》ちゃんにゾッコンなのよ。彼女が同伴頼めばホイホイ乗ってくるでしょう」

待っててね、とママは携帯を取り出し、僕たちの前でその『慶子ちゃん』に同伴を頼むよう指示を出した。電話を切って一分もしないうちにママの携帯の着メロが鳴る。

「あ、慶子ちゃん？　そ、ありがとう。よろしくね」

どうやら中本係長はママの読みどおり、一発で同伴に乗ってくれたらしい。さすがだ、と感心する僕にママはにっこりと、華やかとしかいいようのない笑みを浮かべてみせた。

「中本さんが来たら、慶子ちゃんのヘルプでお入りなさいな」

そうしてほぼ一時間半後、僕は『慶子ちゃん』が『同伴』して連れてきた中本係長のテーブルに、新人ホステスとして同席することになったのだった。


「中本さん、こちら、ニューフェイスの桃香《ももか》ちゃん」

「いらっしゃいませ」

慶子さんに手を引かれ、二人して中本係長を挟んで座ったあと、僕は既に酔いに頰《ほお》を紅潮させている中本係長の前で頭を下げた。

心臓が口から飛び出そうなくらいに高鳴っている。言うまでもなくそれは僕の正体がバレるんじゃないかと心配しているからなのだが、その心配はどうやら杞憂に終わりそうだった。

「へえ、可愛いねえ。いくつ？」

キャロル自ら『会心の作』と言い切る素晴らしいメークテクと、ハリウッド仕込みの偽胸と、それに薄暗い店内の照明のおかげで、中本係長は僕を初々しい新人ホステスと思い込んでくれたようだ。

「二十二です」

「こりゃ本当に若いねえ。お肌もピチピチじゃない」

中本係長の手が僕の膝《ひざ》に触れる。気色の悪さにぎょっとした僕は、中本係長用に作っていた水割りの水をテーブルに零《こぼ》してしまった。

「やだ、桃香ちゃん、緊張してるの？」

さっと慶子さんが手を伸ばし、お絞りでテーブルを拭《ふ》いてくれた。

「す、すみません……」

「いやあ、初々しいねえ」

俯《うつむ》いた僕の膝から腿《もも》へと中本係長の手が移動する。やめろ、と怒声が喉元《のどもと》まで出かかった

が、ここは我慢と僕はようやく作り終えた水割りを両手で持ち上げ、

「どうぞ」

引き攣《つ》る顔に必死で笑顔を浮かべ、中本係長に差し出した。

「どうも」

中本係長が僕の腿から手を離し、水割りを受け取る。ほっとしたところにもう一人ヘルプについたかなえさんが僕用に作ってくれていた水割りを横から手渡してくれ、席にいた全員が中本係長にグラスを合わせた。

「かんぱーい」

「中本さん、今日はありがとう」

慶子さんが同伴の礼を言い、中本係長と彼女の話が弾んでゆく横で、僕はこれからいかにして中本係長から叔父《おじ》のことを聞き出すかと一人頭を捻《ひね》っていた。

それにしても中本係長は会社にいるときと今とではまるで人が違った。会社ではどちらかというと堅物で通っていたのだが、『ＣｏＣｏ』での彼はスケベな中年男そのものだった。何かというと慶子さんや僕の手足にタッチしたがる。こんな高級クラブで『お触り』をするのは彼くらいのものなのか、慶子さんは顔は笑っていたが、常にやんわりと彼の手を退けさせていて、そのテクニックに僕はさすが銀座のホステスさんだ、と内心舌を巻いていた。

だが慶子さんにリジェクトされた分、中本係長の『お触り』が僕に集中することになって

しまっては、感心してばかりいられなくなった。彼に触られるたびに全身に鳥肌が立つのだが、慶子さんのようにうまいかわし方ができない僕は、ただただ身体を竦《すく》ませていた。そんな僕の態度が中本係長をいい気にさせるようで、彼が僕の脚に触れる回数は次第に増えていき僕を辟易《へきえき》させたのだが、おかげで彼の興味が僕へと移り、会話が始まったのはありがたいことと言えなくもなかった。

「それにしても本当に桃香ちゃんは初々しいね。もしかして水商売は初めてなのかな？」

「はい……」

「初めてでこんな高級クラブに勤めるなんてすごいじゃない。きっかけは？　スカウト？」

「いえ、スカウトじゃなくて……」

「桃香ちゃんはママの個人的な知り合いだったのよね」

しかしようやく始まった彼との『会話』は、僕についてのことばかりで、その上しどろもどろになる僕を見かねた慶子さんが横からフォローまで入れてくれる始末だった。

逆だよ逆——本来の目的は中本係長から叔父の事件についての話を聞き出すということなのに、僕が話を聞き出されてどうする、となんとか話題転換を試みようとしたとき、不意に中本係長の手が僕の腿から更に脚の付け根へと入り込みそうになったものだから、僕はぎょっとして反射的にその手を押さえてしまっていた。

「あの……」

「いやあ、本当に若い子の肌は弾力があっていいねえ」

中本係長は悪びれるでもなく、にやにや笑いながら僕の太股《ふともも》を撫《な》で回し続ける。

「中本さん、それ以上は当店ではNGよ」

さすがに見過ごせなくなったのか、慶子さんが中本係長に向かいかなり露骨な注意を与えてくれたおかげで、ようやく中本係長の手は僕の腿から去っていった。

「そういうお店じゃありませんってか？　お高くとまってるよねえ、桃香ちゃん」

品のないことをしている自覚はあるからだろう、中本係長はむっとしたようだが怒声を上げることはなかった。慶子さんに聞こえよがしに嫌味っぽい口調でそう言うだけに留《とど》めた中本係長は、慶子さんがふいと席を立った隙に僕の耳元に口を寄せ、ねちっこくこう囁《ささや》いてきた。

「桃香ちゃん、このあとどうするの？」

「え？」

どうする、というのはどういう意味なんだろうと素で首を傾げた僕に、中本係長はますます身体を密着させながら、再び耳元に唇を寄せた。

「アフター、付き合わない？」

「え、ええ……」

アフターというのは店が終わったあと、飲みに付き合うとかそういう意味だったと思う。

話を聞き出すには絶好の機会だと頷いた僕に、中本係長はにたりと、下卑《げび》た笑みに相好を崩した。

「秘密の会員制クラブがあるんだよ。ここなんかよりよっぽど面白い店だ。VIP御用達《ごようたし》で滅多なことじゃ入れない。慶子だってまだ連れてったことのないところさ。桃香ちゃんはきっと気に入ると思うよ」

言いながらまた僕の太股に中本係長が手を乗せてくる。あまりの気色悪さに『よせ』と叫び出しそうになるのを必死で堪《こら》えながら僕はふと、そういえば鮎川に触られたときには少しも嫌な感じはしなかったな、と考えていた。

そう——鮎川には触られるどころか、もっと際どいことまでされたのに、なぜだか嫌悪感を覚えることは少しもなかった。突然のことに驚いて嫌がるどころではなかったからだろうか。それとも他に理由があるのか。

よく考えてみれば鮎川の行為は常軌を逸していたといっていいくらい、突拍子もないものだったと思う。いくら僕に『色気のある』顔をさせるためとはいえ、普通フェラチオなんかするだろうか。一体彼は何を考えて——と、思考が果てしなく広がっていきつつあった僕は、ぎゅっと太股を摑《つか》まれる嫌な感触にはっと我に返った。

「どうする？　桃香ちゃん、来るかい？」

腿を摑んだ中本係長の手が更に僕のスカートの中に入ってこようとする。さすがに我慢できなくなり——サポーターに触れられたらマズいということも頭にあり——僕が「やめてください」と彼の手を押さえようとしたそのとき——。

「あら、なんだか楽しそうなお話ね」

聞き覚えがあるようなないような、ハスキーな声が頭の上から降ってきた。ぞくりとするほどのセクシーな声に中本係長の手を振り解《ほど》くのも忘れ顔を上げた僕の視界に飛び込んできた人物に、驚きのあまり僕は「あっ」と大きな声を上げてしまった。

なんとそこに立っていたのは、身長百八十センチはあろうかと思われるほどの長身の美女が——いや、数日前に出会ったばかりの、僕に言葉を失わせるほどの美貌の持ち主である彼女が——いや、『彼』が僕と中本係長に向かって婉然《えんぜん》と微笑《ほほえ》んでいたのである。

「はじめまして。亜弓《あゆみ》です」

「…………」

なんて捻りのない名前だ、と僕を呆《あき》れさせたその美女は言うまでもなく僕の『ボス』——輝くばかりの美貌を誇る鮎川その人だった。

「お邪魔してよろしいかしら？」

にっこり微笑んだ鮎川に中本係長は十秒間は見惚れていた。自らも突出した美貌の持ち主であるホステスたちもぽかんと口を開け、ソファへと腰を下ろした鮎川の顔を見つめている。

かくいう僕自身、すぐ隣に腰を下ろした彼に目が釘付けになっていたのだが、それほどに鮎川の美貌はこの美人ばかりの店内でも際立っていた。

「どうぞよろしく」

鮎川が潤んだ瞳を細めて微笑み軽く頭を下げたのに、中本係長はようやく我に返ったらしい。だらしなく開いた口元を引き締めると、

「なんだ、君もニューフェイスか」

まあ飲みなさい、と傍らにいた僕を顎《あご》で使って水割りを作らせた。僕が鮎川に水割りのグラスを渡すと中本係長は、先ほどまでべたべたと、肩だの脚だのを触りまくっていたことなどすっかり忘れたように、僕を押しのけるような勢いで鮎川に話しかけ始めた。

「亜弓さんか、ニューフェイスにはとても見えないけれど、今までどこの店にいたんだい？」

「ほほ、年季が入ってると仰《おっしゃ》りたいのね」

「いやいや、そういう意味じゃないよ。君くらいの美貌なら店の一軒や二軒、持ってそうじゃないかと言いたかったのさ」

「さすがは天下の金城《かねしろ》建設にお勤めだけあって、お口がお上手ですわね」

「はは、天下ってことはないよ」

「いえいえ、建設業界では今年度も昨年度も、完工高トップじゃあございませんの。ご立派ですわ」

「ほお、よく知ってるねえ」

あっという間に二人の間で話が盛り上がってゆく。鮎川の登場に唖然《あぜん》としていた僕だが、彼が言葉巧みに話題を中本係長の会社へと向けていくのには、もう唖然どころではなく、呆《ぼう》然《ぜん》とその様子を見守ってしまっていた。

役者が違うということだろうか。確かに今まで僕はセクハラに遭うばかりで話らしい話は何一つ聞くことができなかったが、それを見るに見かねて鮎川は自ら乗り出してきてくれた、ということなんだろうか。

それにしちゃあ準備万端すぎるか、と僕は隣の、僕なんかよりよっぽど念入りなメークを施された鮎川の顔を見ながら、自分の頭に浮かんだ考えを却下した。僕の顔とこの身体を造るのにも一時間弱かかったと思う。どう考えても鮎川は、最初から自分も同席するつもりだったに違いない。

これほど上手《うま》く話を引き出すことができるのなら、最初から彼一人でやればいいようなものだが、一体鮎川はどういうつもりで僕にこんな格好をさせたのだろうと首を捻っている僕を挟んで、鮎川と中本係長の会話はなおも弾んでいった。

「建設業界は不況だなんていうけれど、御社に限ってはまるで無縁なお話ね」

「そんなことはないよ。ウチも厳しくなってさあ」

「あら、御社が厳しいなんておっしゃっちゃあ、他社さんはどうしたらいいのか困るでしょう」

「はは、そんなに他と差があるわけじゃないよ」

「業界最大手でいらっしゃるじゃないの。ご立派ですわ」

鮎川のおべんちゃらに中本係長はすっかり気をよくしたようだった。

「亜弓さんは業界に詳しいねえ」

あはは、と笑うと僕を小突き、鮎川の空になりかけたグラスにまた水割りを作れと顎で命じる。やれやれと思いながらグラスを受け取った僕に鮎川は一瞬にこ、と微笑んだあと、いよいよ本題とばかりに中本係長へと身を乗り出し、心持ち潜めた声で話し始めた。

「でも最近、大変な騒ぎになってらっしゃるご様子ね」

「ああ……」

と、それまでにたにたとやにさがっていた中本係長の顔が鮎川のこの言葉に曇り、乗り出していた身体が引っ込んだ。さすがにこの話題は中本係長にとってもタッチーすぎたらしい。

だが言葉少なく頷いた中本係長に、鮎川は尚も問いを重ねていった。

「びっくりしましたわ。特捜《とくそう》の査察が入るそうですわね。飯塚《いいづか》代議士への献金疑惑だとか」

「そんな話はいいじゃないか。さあ、飲もう」

中本係長が話を打ち切りたいと思っているのは僕でさえわかるくらいにあからさまであったのに、鮎川の追撃はやまなかった。

「飯塚先生は否定なさってるみたいだけど、実際のところはどうだったのかしら。御社の社長と代議士は高校の同窓だっておっしゃるし」

「この話はよそうと言ってるのがわからないかな？」

中本係長が苛《いら》ついた声を出したのに、座は一瞬しん、となった。

「亜弓ちゃん」

いつの間にか席に戻っていた慶子さんが、鮎川を制しようとする。

「あら、何かお気に障ったのかしら」

だが鮎川はこの場のぴりぴりした雰囲気をまったく無視したようににっこりと微笑むと、不機嫌であることを隠しもしない中本係長の仏頂面を覗《のぞ》き込み言葉を続けた。

「でも御社では社長より代議士と強い結び付きがあるのは三上《みかみ》取締役らしいですわね。あまり大きな声では言えないけれど、代議士の腹違いの妹さんが実は取締役の奥様だとか」

「君ねえ」

中本係長がぎょっとしたように鮎川を見たところをみると、彼が喋《しゃべ》ったことは真実なのだろう。まったく知らなかった、と驚きに目を見開く僕の前で中本係長がいきなり、

「帰る」

と立ち上がり、更に僕を驚かせたのだった。

「な、中本さん」

慌てて慶子さんがフォローに入ろうとしたが、中本係長はもう聞く耳を持たず、

「どけ」

と僕の足を邪魔そうに跨《また》ぐと、すたすたと店の出口へ向かって歩き始めてしまった。

「中本さん？」

「あらあら、どうされたの？」

尋常じゃない様子に、他のテーブルについていた雅代ママが店の出口まで追いかけてゆく。

「不愉快だから帰るだけだ。いつものように請求書は送ってくれ」

「そんな、中本さあん」

慶子さんが慌てて店の外まで追いかけていったが、やがて一人戻ってくると、ママや僕たちに向かい肩を竦めてみせた。

「一体何を言ったの」

さすが肝っ玉が据わっているというか、雅代ママは鮎川を怒るでもなく呆れたような口調で彼の顔を覗き込んだ。

「ママ、中本にどのくらい売り掛け残ってる？」

鮎川はママの問いには答えず、逆に煌《きらめ》く瞳を細め、ママをじっと見返した。

「どのくらいだったかしら、慶子ちゃん」

ママの問いに慶子さんは、少し考える素振りをしたあと、

「五十万くらいかしら」

そう言い、なに、というように鮎川を見た。

「早めに回収したほうがいいかも。取りっぱぐれないように」

「……あら」

驚きに目を見開いた雅代ママと、

「嘘でしょう」

ぎょっとし顔を顰《しか》めた慶子さんを尻目に、鮎川は呆然としている僕の肩を抱き、

「用事もすんだしそろそろ帰ろう」

既に男に戻ってしまった声でそう言うと、ぱち、とそれこそ見惚れるようなウインクをしてみせたのだった。


「どういうことなんです？」

店の前からタクシーに乗り込み、僕と鮎川は一路彼の事務所――兼住居へと向かった。

車に乗った途端、勢い込んで鮎川に話しかけた僕を、運転手がぎょっとしたようにミラー越しに眺めてきた。見た目は女なのに声が男なので驚いたのだろう。

「どうって、何が？」

運転手の驚きは鮎川が喋ると更に大きくなったようだ。絶世の美女だと思っていた人物がどうやら男であるらしいとわかったショックからか、「え」と小さく声を漏らしたが、すぐ気を取り直したようであとは淡々と運転を続けていた。

「何って……何から何まで疑問だらけです。一体何がどうなってるんですか」

「それを推理するのが『探偵』の仕事じゃないか」

あはは、と鮎川は笑い、僕の肩を叩く。ちっとも笑えたものじゃない。いつから僕が『探偵』になったんだと憮然《ぶぜん》としたまま彼を睨《にら》みつけていると、

「今日は本当に皆、怒りっぽいなあ」

カルシウムが足りないんじゃないの、とふざけたことを言いながらも、鮎川は僕の聞きたいことを羅列してくれた。

「僕がここにいる目的や、中本が急に怒りだした理由を聞きたいんだろう？　きちんと説明してあげるよ」

ね、と小首を傾げるようにして頷いたあと、ぱちりと長い睫《まつげ》を瞬《しばたた》かせ、鮎川がウインクしてみせる。

「………」

ビジュアルはふるいつきたくなるような美女ではあるが、中身が鮎川とわかっているのに、

なぜ僕の胸は彼のウインクにときめいてしまうのだろう。途端に速まり始めた鼓動を押さえ込もうと胸に手をやった僕は、偽胸の感触にぎょっとし「わ」と声を上げてしまった。

「可愛い……トモは本当に可愛い」

そんな僕の様子に鮎川が爆笑する。何が『可愛い』だ、と運転手が再びぎょっとするほどの大声で笑う鮎川を睨みつけると、

「ごめんごめん、『可愛い』はNGワードだっけね」

笑いすぎて涙が滲《にじ》んできてしまった麗しい目を細め、鮎川がじっと僕を見下ろしてくる。またも速まり始めた胸の鼓動を持て余しながらも、僕は鮎川の『きちんと』した『説明』を待ったのだが、僕がそれを聞けるようになるにはかなりの時間を要した。

タクシーの運転手の注目を集めすぎるほどに集めてしまっていたこともあり、鮎川は車の中では口を開かなかった。車が中野《なかの》の事務所に到着するのを待ち、僕は再び彼に説明を求めたのだが、

「先に化粧を落としてくるといいよ」

と浴室へと追いやられてしまい、またも話を聞くきっかけを逸した。

キャロルのメークは入念で、「これを使うといいよ」と鮎川が渡してくれたクレンジングオイルを三回使ってもまだアイラインやら口紅やらが残っているような気がした。中本係長に散々触られた太股をごしごしと洗っているうちに、またも僕は鮎川に逹《い》かされたことを思

い出しそうになり、今はそんな場合じゃないだろうと必死で彼の手や唇の感触を忘れようと頭から湯を被《かぶ》った。

シャワーから上がった僕のために鮎川はバスローブを用意してくれていた。はっきりいってそんなもの、身につけた経験がない僕は好奇心から羽織って鏡に自分の姿を映してみたのだが、どうやらそれは鮎川自身のものらしく僕にはサイズが大きすぎた。落ちた肩といい長すぎる袖《そで》といい、まるで子供が悪戯《いたずら》して大人の服――じゃないが――を着込んだようで、いつも以上に幼く見え、僕をがっかりさせたのだった。

だが他に着るものもなかったので僕はそのまま浴室を出、鮎川の姿を捜してリビングへと向かった。

「ああ、上がったね」

リビングのソファに座り、ビールの缶を一人傾けていた美女が――鮎川が、僕の姿を認め微笑みかけてくる。

これが男とはとても信じられない――確かによく見ると、女性にしては身長は高すぎるし、ガタイもいいとは思うのだが、圧倒的な美貌と立ち居振る舞いの優雅さが男らしい体型から見る人の目を逸《そ》らさせていた。

「お疲れ。君も飲むかい?」

「いえ……」

鮎川が僕にもビールを持ってきてくれようと立ち上がる。キッチンに向かう彼の手を摑むと僕は少し驚いたように振り返った鮎川に、

「あの、どういうことなんですか」

今まで気になって仕方のなかったあらゆることの答えを求めた。

「……ああ」

鮎川は笑って頷くと、そのままソファへと腰を下ろした。

「トモも座るといい」

「はい」

手を引かれて隣に座らされる。リビングのソファはいわゆる『ラブチェア』というやつで、確かに二人並んで座るより他ないのだけれど、開いた胸元もセクシーなドレス姿の美女の横で、しかも自分がバスローブ姿であるというこのシチュエーションには必要以上にどぎまぎしてしまう。

しっかりしろ、相手は男だ。どんなに美人に見えても男なんだと自分に言い聞かせ、僕はあまりに近いところからにこやかに僕を見下ろしている鮎川に再び、

「あの」

と声をかけた。

「……君から中本係長と三上取締役の名を聞いたあと、色々と僕なりに調べてみたんだ。そ

れで三上取締役と飯塚代議士の間に思いもかけず太い絆《きずな》を見つけたもので、矢も盾もたまらず話を聞きに行ってしまったんだよ」

「そうだったんですか……」

「決してトモの仕事ぶりを信用してなかったというわけじゃないんだけれどね」

「……いえ……」

信用してもらわなくて正解だった、と僕は申し訳なさそうな顔になった鮎川の前で慌てて首を横に振った。もしあの場に鮎川が現れなかったら、僕は中本係長にセクハラされるだけに終わり、何一つ聞き出せなかったに違いない。

「中本のあの反応からして、飯塚代議士が社長ではなく三上と繋《つな》がってるのは間違いないと思う。そうなってくるとやはり、君の叔父さんを嵌《は》めたのは三上、中本ラインということになると思うんだが……」

考え考え喋っていた鮎川が、じっと彼の話を聞いていた僕の顔を不意に覗き込んでくる。

「トモは何か中本から聞き出せたかな？」

「……あ……」

不意打ちにぎょっとし、僕は一瞬息を呑《の》んだ。きらきらと煌く瞳が真《ま》っ直《す》ぐに僕を見据えている。幾分茶色がかった瞳の中に己のシルエットを見出《みいだ》した僕は、自分がいかに馬鹿面を下げて鮎川を見返していたかということに改めて気づき、慌てて口元を引き締めた。

「殆《ほとん》ど何も……」

報告する内容もしょぼすぎて恥ずかしい。女装までしてあの場にいた意味はあったのだろうかと俯いた僕に鮎川は問いを重ねてきた。

「どんな話をした？」

「本当に殆ど何も聞き出せなかったんです」

すみません、と頭を下げたが、鮎川の追及は続いた。

「本当になんでもいいんだよ。どこにどんなヒントが転がってるかわからない。彼と話したことを思い出せる限り教えてもらえないかな」

鮎川の真摯《しんし》な瞳がじっと僕を見据えている。何一つ聞き漏らすまいとするかのような真剣なその表情を前に、僕はなんだか申し訳ない気持ちに陥ってしまい、それでも必死で記憶の糸を辿《たど》りながら中本係長と話したことをぽつぽつと彼に報告し始めた。

「……自己紹介したあとは、僕の年が若い、とか、可愛い、とかそればかりで……あまり僕の身体にタッチするものだから慶子さんが注意したらむっとして……」

「なに、そんなに触られたの？」

鮎川が端整な眉を顰め、僕の顔を覗き込んでくる。

「いや、そんな、言うほどでは……」

自分でもどっちなんだ、と思うようなことを言ってしまったのは、鮎川の声や表情に僕を非難するような色を感じてしまったからかもしれない。

だが非難、というよりは心配してくれていたのだということはすぐに僕のわかるところとなった。鮎川が痛ましげな顔をしながら、大きく溜《た》め息をついてみせたからだ。

「高級クラブだからと安心していたんだが、中本がそこまで節操なしだったとは……大丈夫だったかい？　相当嫌な思いをしたんじゃないかい？」

「だ、大丈夫です。そんな……本当にちょっと触られただけなので……」

心底僕を心配しているらしい様子の鮎川に、僕は慌てて首を横に振って答えると、話題を店内での中本係長とのやりとりへと戻そうとした。

「……で、慶子さんに注意されたあと、慶子さんはお高くとまってる、みたいな文句を中本係長が言って……それから店が終わったあと、どこかへ行こうと誘われてるところに、鮎川さんが……ボスが来たんです」

「アフターだね。どこへ行こうと言ってたか、覚えてるかい？」

鮎川の眉間《みけん》にはまだくっきりと縦皺《たてじわ》が刻まれたままだった。相変わらず僕を案じてくれているらしい彼にそう問われ、僕はまた記憶の糸を手繰《たぐ》った。

「……確か、会員制の秘密のクラブがあるから、そこへ行こうって……VIP御用達で、紹介がないとなかなか入れないところだと言ってたような……」

「会員制のクラブか……場所は？」

「いえ、場所までは……」

「そう」

すみません、と項垂《うなだ》れた僕に鮎川はいいよ、というように微笑むと、ぽん、と僕の肩を叩いてきて、今更のように僕は彼にいつの間にか肩を抱かれていたことに気づいた。

「嫌な思いをしただろうに、よく頑張ったね」

「……そんな……全然頑張れてないと思うんですが……」

謙遜《けんそん》などではまったくなく、心底僕はそう思っていた。一つとして実のある話を聞けてないことは、自分で説明しながら嫌になってしまうほどだった。それなのに鮎川がフォローしてくれるのが申し訳なくて、僕は彼に向かい改めて、

「すみませんでした」

と深く頭を下げた。

「謝ることじゃない。最初はそんなものだよ」

ね、と鮎川がまた僕の肩を叩く。

「…………」

彼の手が肩から去っていかず、逆にぎゅっと握り締めてきたのを感じた僕が顔を上げると、あまりに近いところにある鮎川と視線がぶつかった。

「……あの……」

長い睫に縁取られた綺麗な瞳から目を逸らすことができなくなる。艶《つや》やかな紅い唇から、くすり、という笑い声が漏れたと思ったときには、ぐい、と肩を抱き寄せられていた。

「……あの……」

「そんなに可愛らしい顔を不用意に晒《さら》されると、僕こそ節操なしになってしまう」

「……え？」

どういう意味だと首を傾げた僕の頬に、鮎川のもう片方の手が伸びてくる。

「あの……」

「キスしていいかな」

絶世の美女の唇から漏れた囁きに驚く間もなく、僕はその美女に唇を塞《ふさ》がれてしまった。

「……っ」

キス——女性ものの香水の匂いが立ち込める中、僕の唇を塞ぐ鮎川の唇の獰猛《どうもう》なまでの力強さに僕は驚き、その場で固まってしまっていた。

強引でありながらにして乱暴じゃない、不思議なキスだった。いつの間にか僕の口内に侵入していた彼の舌が僕のそれを搦《から》め捕り、きつく吸い上げてくる。息苦しさから背けようとする顔を押さえ込む彼の指先は頬に食い込んでいたけれど、痛みは少しも感じなかった。

一体自分が何をしているのか、そのときの僕には少しもわかっていなかったように思う。

『ふるいつきたくなるような美女』の鮎川の外見に騙《だま》されてしまっていたからか、はたまた巧みな彼のキスについ引き込まれてしまっていたのか、自分でもよくわかっていなかったが、本来なら当然撥《は》ね除《の》けてしかるべき彼の腕の中で、僕は彼のキスをそのまま受け入れてしまっていた。

「……あっ……」

鮎川の手が僕の頬から首筋へと下りてゆき、バスローブの合わせから中へと入ってくる。親指の腹で右胸の突起を擦《こす》られ、びく、と身体が震えてしまったとき、今更のように僕はこの不自然極まりない状況に我に返りかけたのだが、胸を弄《いじ》られ続けているうちに頭がぼうっとしてきてしまった。

「や……っ」

自分の身体が自分のものじゃないような気がしていた。掌《てのひら》で数度胸を撫で回したあと、すぐに勃ち上がった胸の突起を鮎川の繊細な指が摘《つ》まみ上げる。その瞬間、電流が背筋から脳髄へと流れるような強い刺激を感じ、びく、と僕の身体は自分でも思いもかけないくらいに大きく震えて僕を慌てさせた。

「…………」

唇を合わせたまま、鮎川がくすりと笑って僕を見る。焦点が合わないくらいに近いところにある彼の瞳の煌きに魅せられ、ますます僕は何も考えられなくなってゆく。

「……あっ……やっ……あっ……」

甘ったるい声が、合わせた唇の間から零れ、室内に響き渡っている。もう女装は解いたというのに、未だに僕は自分が女の子になったような気持ちにいつしか陥ってしまっていた。

「あっ……」

胸を弄っていた鮎川の手が引いていき、今度は乱れた裾《すそ》の間から僕の太股を撫で上げ、脚の付け根へと向かっていく。バスローブの下、下着を身につけていないことを恥じ入るより前に既に勃ちかけていた自身を握られ、僕はまたも彼の腕の中でびく、と大きく身体を震わせていた。

「や……っ……あっ……」

いつの間にか鮎川の唇は僕の唇からはずれていた。薄く目を開くとすぐ近くに彼の潤んだ瞳がある。僕と目が合ったことがわかるとその瞳を細めるようにして微笑み、鮎川は勢いよく僕を扱《しご》き上げてきた。

「あっ……あぁっ……」

一気に快楽の波に攫《さら》われそうになり、無意識のうちに腰が引けてしまったのにも構わず鮎川が僕を扱いてくる。はだけたバスローブの間から早くも先走りの液が滲む自身を摑む鮎川の繊細な指の動きが視界に入り、尚更に僕を昂《たか》めていった。

「やっ……あっ……はぁっ……」

視界いっぱいに鮎川の少し紅潮した麗しい顔が見える。僕をじっと見据える瞳が欲情に潤んで煌いているのが、僕の羞恥《しゅうち》と劣情を刺激しまくり、どうにも我慢ができなくなった。

「あっ……やだっ……あっ……あっ……」

自分でもびっくりするような高い声が唇から漏れてしまう。我慢することなど到底できなくて、あっという間に僕は達し、鮎川の手の中に白濁の液を飛ばしてしまっていた。

「やだ……っ……あっ……」

自分でも何を言っているのか、よくわかっていなかった。彼の手の中で、思い出したようにびくびくと自身が震えるたびに、たまらない気持ちになってゆく。

恥ずかしいような、それでいてどこか物足りないようなそんな気持ちに戸惑い、顔を上げた僕へと、鮎川がゆっくりと覆いかぶさってきた。

「トモ……」

紅い唇が僕の名を——他の人には呼ばれたことのない僕の呼び名を呼び、開いたままになっていた僕の唇を塞ごうとしてきたそのとき——。

ダンダンダン、という、どうやら事務所のドアを叩いているらしい音が室内に響き渡り、鮎川と僕は思わず二人して顔を見合わせてしまった。

「おい、鮎川！　いるんだろ!?」

聞き覚えがあるようなないような大声が、ドアを隔てたこのリビングにも聞こえてくる。

「……こんな時間に……」

小さく呟《つぶや》いて鮎川が立ち上がり、事務所へと向かっていくのに、僕もあとを追おうとし、今更のように自分のはだけまくったバスローブに気づいて慌てて前を合わせた。

今まで一体何をしていたんだろう——我に返った途端、『痴態』としかいいようのない自身の有り様が脳裏に蘇《よみがえ》り、かっと頭に血が上る。鮎川は一体どういうつもりであんなことをしたのか、僕はどういうつもりで鮎川にされるがままになっていたのかと、さまざまな思いが立ち上りかけたが、それらを熟考する機会を僕は逸することとなった。

「おい、鮎川」

「今開けるよ。ドアが壊れるから叩くのはやめてくれ」

鮎川に少し遅れ、僕が事務所に飛び込んだとき、ちょうど彼はドアを開けるところだった。

鮎川の様子から、訪問者には心当たりがあるらしいことがわかる。こんな夜中に一体誰が訪ねてきたのだろうと首を傾げた僕の前でドアが大きく開き——。

「あ」

見覚えのあるその顔に僕は驚きの声を上げてしまった。

「あ」

男も鮎川の肩越しに僕を見て、驚きの声を上げる。

ドアの外に立っていたのはなんと——僕を取り調べた挙げ句に、叔父の家で散々嫌味なことを言ってきたあの、松本《まつもと》という刑事だった。

7

最初僕は、てっきり松本は僕を追って現れたのだと思った。やはり尾行がついていたのかと唇を噛《か》みかけたとき、

「なんでこんなところに竹内《たけうち》の甥《おい》っ子がいるんだ？」

心底驚いたような彼の声を聞き、僕の方こそ驚いてしまったのだった。

「え？」

どういうことなのだろう——そういえば鮎川はまるで知り合いを招き入れるかのようにドアを開けたのだったと思った僕の目の前で、その鮎川と松本の会話が始まっていた。

「マコこそこんな夜中になんの用だよ」

「マコはよせ」

松本はじろりと鮎川を睨んだが、すぐに、

「それよりお前、何やった？　金城建設が動き始めたぞ」

ちらと僕を見やったあと、声を潜めてそう言い、またも僕を驚かせた。

「マコにもらった情報でね、ちょっとつついてやった」

「やっぱりそんなことじゃねえかと思ったぜ。まったく、バレたら懲罰モンだ」

「バレりゃね。でも逮捕に繋がれば言うことなしだろう?」

話がまったく見えない。どうやら二人がツーカーの仲らしいということはわかったが、新《しん》宿《じゅく》東《ひがし》署の強面《こわもて》刑事と、胡散臭《うさんくさ》い私立探偵の間にどのような関係が成立するのか、僕には少しも想像がつかなかった。

「しかし相変わらず素《す》っ頓狂《とんきょう》な格好じゃねえか。それで三上をたらしこんだのか?」

「え?」

三上、というのは三上取締役のことだろう。さっき松本は『金城建設が動いた』と言っていたように思うが、何があったのかと思わず声を上げてしまった僕を、鮎川はちらと見た。

「トモ、服を着てきたらどうかな」

「あ……」

そういえば僕はまだバスローブ姿のままだったと今更のように思い出したが、どう考えても体《てい》よく追っ払おうとしているとしか思えない鮎川の言葉に従う気にはなれなかった。

「あの、一体どういうことなんです?」

話しかけられたのを機に僕が鮎川にそう問いかけると、松本刑事が横から口を出してきた。

「それは俺が聞きたい。なんでボーズが鮎のところで風呂に入ってるんだ?」

厳しい眼差《まなざ》しに僕は一瞬怯《ひる》んだが、今まで感じていた彼への反発を思い出し、思い切り無愛想に答えてやった。

「関係ないでしょう」

「関係ある。急に姿を消したもんだから、てっきり竹内光雄《みつお》に合流したんだと思ってたぜ」

所在ははっきりしておいてもらわないとと言う松本に、

「なんで警察にいちいち所在を知らせなきゃならないんです」

負けずに僕もそう言い、じろりと彼を睨み返した。

「その竹内光雄さんの行方《ゆくえ》はわかったのかい？」

まあまあ、と鮎川が僕と松本の間に入り、松本にそう問いかける。

「見つかりゃニュースになるだろ。まだだよ。一体どこに隠れてるんだか」

「隠れてなんかいません！　叔父さんは無実です」

すっかり犯罪者扱いをする松本の言葉に、思わず声を荒らげた僕を、「まあまあ」と再び鮎川は宥《なだ》めると、

「マコも考えがなさすぎる。証拠がないうちは全員無罪が基本だろう？」

今度は松本を諫《いさ》めるようなことを言い、軽く彼を睨んだ。

「お前に捜査の基本を語られたくはないね」

「そんなことより、三上は動いたのか？」

肩を竦めた松本に、鮎川が違う話題を振る。

「ああ。夜中だというのに総務部係長の中本が家に飛び込んでいった。一体何をしでかしたんだ？」

「僕がアクションを起こしたのは中本の方だよ。飯塚代議士と三上取締役の縁戚関係をぶつけてみた」

「相変わらず行動が早いな」

松本が呆れたように目を見開いた。

「マコこそアクション早いじゃないか。早速三上取締役の自宅に張り付いてくれるとはね」

「張り付けといったのはお前だろうが。まあこちらとしても三上に目を向けさせてくれたのはありがたかったが。てっきり社長がらみだと思ってたからな。金城建設の内部情報は関係者全員貝のように口を閉ざしてるもんでなかなかコッチに伝わってこねえのよ。特捜も手を焼いてるぜ」

「……え……」

金城建設の『内部情報』というのはもしや、僕が鮎川に聞かれるがままに話した、三上取締役と中本係長がつるんでいるかもしれない、というアレのことなのだろうか。

もしそうだとすると、なぜ鮎川はそれを警察になど流したのか。そしてなぜ警察は鮎川に情報を与え返すのか——わけがわからない、と僕は、再び鮎川の顔を覗き込んだ。

「あの、本当にどういうことなんでしょう？」

「ああ、そうだね。説明しないとね」

頷いたものの、鮎川が一瞬困った、という顔をしたのを僕は見逃さなかった。

「そもそもお二人はお知り合いなんですか?」

何かあるに違いない――言葉を探すように口を閉ざした鮎川に問いを重ねると、答えてくれたのはなんとあの、感じの悪い強面刑事の松本の方だった。

「おう、高校の同級生だ」

「同級生?」

言われてみれば二人は同年代に見える。そういうことか、と一つの疑問は解けたと思った次の瞬間、松本がなんでもないことを言うように口にした言葉に、僕は心底驚愕《きょうがく》し、大声を上げてしまったのだった。

「俺とこいつと、姫井《ひめい》、三人が同級生だったんだよ」

「なんですって?」

「マコ!」

鮎川が慌てた声を上げ、探るように僕を見た。

姫井――飯塚代議士の秘書で、叔父とともに公金を横領したと言われている男。今日、自殺体として発見されたあの美青年が彼らの同級生だというのか、と僕は思わず鮎川を、そして松本を見やったのだが、そこで初めて鮎川がなぜ困った顔をしたのかに気づいた。

『なんだって⁉』

姫井秘書の自殺を知ったときの狼狽《ろうばい》ぶりに、その後の迅速な行動——もしや彼の目的は、僕の叔父を捜すことではなかったのではないかと僕は、俯く鮎川に問いかけた。

「……それじゃ、鮎川さんが探り出そうとしているのは、姫井さんの死の真相だったと？」

「いや、それは……」

「ああ、あれは絶対自殺じゃねえ。殺されたんだってすごい剣幕で俺のところにきやがってよ」

何か言おうとした鮎川の言葉に被せ、多分悪気はないのだろう、松本が鮎川が隠そうとした彼の真意を教えてくれる。

「マコ！」

「なに？」

鮎川がまた慌てて松本の名を呼ぶのに、松本がその剣幕に驚き彼の顔を見返した、その隙に僕は部屋を飛び出し、鮎川に与えられた自分の部屋へと駆け込んでいた。

「トモ！」

慌てて鮎川が僕を追ってきたが、彼が追いつくより一瞬早く僕は部屋の鍵をかけ、ドアを背にがくがくと震える身体を支えていた。

「違うんだ、トモ、話を聞いてくれ」

ダンダンと鮎川がドアを叩くのが背中越しに響いてくる。その震動が喉に詰まっていた僕の言葉を外へと吐き出させる刺激となった。

「嘘つき！」

叫んだ途端、なぜか僕の両目からはぼろぼろと涙が零れ落ちてしまっていた。

「違う、トモ、誤解だ。頼む、僕の話を聞いてくれ」

僕の叫んだ声が届いたのだろう、ドアを叩く音がやんだ。鮎川の真摯な声がドア越しに響いてくる。だがその声が真剣であればあるだけ信じられないような思いにとらわれてしまっていた僕は、涙が流れ落ちるにまかせたまま、ドアの向こうの鮎川を怒鳴りつけていた。

「何が誤解だ！　僕を騙して利用したんじゃないか！　僕に近づいたのも、雇い入れたのもみんな、金城建設の内部情報が欲しかったただけじゃないか！」

「それは違う、確かに金城建設の情報は欲しかったけれど、決してそれだけじゃ……」

「もういい！　これ以上嘘は聞きたくない！」

「嘘じゃない。トモ、頼む。ドアを開けてくれ！」

再び鮎川がダンダンとドアを叩き始めたが、勿論《もちろん》僕はドアを開く気はなかった。

「頼む、開けてくれ！」

ダンダンと叩かれるドアの傍《そば》を離れ、僕はバスローブを脱ぐとその辺にあった自分の服を急いで身につけ始めた。一刻もこの場に留まっていることに耐えられなかったのだ。

裸になったとき、ふと見下ろした自分の胸の突起がやけに赤く色づいているのに気づいた僕の脳裏に、それを舐《ねぶ》っていた鮎川の端整な顔が、舌先の感触が蘇った。

「………………」

カッと頭に血が上り、いたたまれない気持ちに陥りそうになった僕は、どうせあれだってからかわれただけだと自分に言い聞かせ、乱暴に下着代わりのTシャツを被った。あたりに散らばる私物をバッグに詰め、相変わらずダンダンと鮎川が叩き続けていた扉の鍵を開ける。

カチャ、と鍵の開く音が響いたのに気づいたのだろう、ドアを叩く鮎川の手が止まった。

「トモ！」

扉を開くと、ほっとしたような鮎川の顔が飛び込んできたが、その表情は僕の姿を見ると途端に曇った。

「……失礼します」

支度をしているうちに涙は止まっていたが、声は自分でも驚くくらいに掠《かす》れてしまっていた。

「待ってくれ、トモ」

鮎川が僕の腕を摑んで足を止めさせようとする。彼の横には、わけがわからない様子の松本刑事が立っていて、僕と鮎川の様子を何事かというように見つめていた。

「離してください。これ以上、話すことは何もありません」

「違う、トモ。頼むから話を……」

鮎川が摑んだ腕を自分の方へと引こうとする。これ以上彼の言い訳を聞くことに耐えられず、僕は彼の手を乱暴に振り解くと、キッと彼を睨みつけた。

「金城建設の内部事情で僕の知っていることはもう全部話しました。これ以上、聞き出そうとしても無駄です」

「トモ……」

鮎川が啞然としたあと、酷《ひど》く傷ついたような表情になり、僕の名を呟いた。

傷ついたのはこっちだ、と僕はそんな彼から目を逸らすと、

「失礼します」

一言言い捨て、彼の事務所をあとにした。


時刻は既に深夜一時を回っている。どこへ行くにしてもタクシーか、と僕は溜め息をつくと、肩に食い込む重いボストンバッグを、よいしょ、と担ぎ直した。

腹立ちから飛び出してしまったけれど、あまりに考えなしではなかったか、と思いはした

が鮎川の事務所に留まることにはどうしても耐えられなかったのだ。

なぜこんなにも腹が立つのか、自分でもよくわからなかった。今までのほほんと生きてきてしまったからか、小さな嘘をつかれたことは山のようにあるのだけれど、こんなにもはっきりと騙され、利用されたことがなかったからかもしれない、とも思ったが、なんだか少し違うような気がした。

多分僕は鮎川に、自分が思う以上に気を許してしまっていたのだろう。不思議な魅力のある男だった。マイペースで人の話を聞かないようでいながらにして、誰より僕のことをわかっているような相槌を打ってくる。

いつしか彼を信頼していたのかもしれない、と思った僕の頭に、歓迎会だといって連れていかれたエスニック料理店での鮎川のどこか寂しげな顔が浮かんだ。

『自分の身内を――家族をそれだけ手放しで褒め、信頼できるなんて羨《うらや》ましいよ』

あの言葉に僕は、鮎川にはもう家族は誰もいないのか、もしくは絶縁してしまったのではないかと思い、彼に同情さえしてしまっていたのだけれど、あれだって彼の演技だったのかもしれないと思えてくる。そういえば学生時代に演劇を齧《かじ》ったと言ってたものな、などと考えながら、あてもなく歩いていた僕の背後から、タッタッという人の走る足音が響いてきた。

鮎川があとを追ってきたのだろうか。誰が戻ってなどやるものか、と僕は後ろも振り返らず足を速めたのだが、追ってきたのは鮎川ではなかった。

「おい、ちょっと待ってくれ」

息を乱しながら僕の腕を摑んできたのは、なんと——松本刑事だった。

「なんですか」

予想が外れたことがわかった瞬間、僕の胸には『がっかり』としか言いようのない思いが宿った。これじゃまるで鮎川が追ってくるのを待ってたみたいじゃないか、と、僕はぶんぶんと頭を横に激しく振ると、相変わらずがっちりと僕の腕を摑んだままでいる松本を再び、

「なんですか？」

と睨みつけた。

「ボーズこそなんなんだよ。いきなりキャンキャン怒ったかと思うと荷物をまとめて『実家へ帰らせていただきます』か？　一体何がどうなってるんだよ」

「そんなの、あなたのお友達に聞けばいいでしょう！」

なんでコッチに聞いてくるんだ。しかもわざわざ追いかけてきて、と僕は無理やりに松本の腕を振り解くと、再び駅へと向かってずんずん歩き始めた。

「待てって」

松本が僕に駆け寄り、僕の手からボストンバッグを取り上げる。

「何するんですか」

「重そうだから持ってやるんだよ」

「結構です！　返してくださいっ」

「人の好意は素直に受けるもんだぜ。どこへ行こうとしてるか知らないが」

「あ」

そういうことか、と僕は松本の意図に思い当たり、思わず声を上げてしまった。

「『あ』？」

松本がなんだ、というように、切れ長の目を見開いて僕を見下ろす。

「……叔父のところに行こうとしているわけじゃありませんから。それに僕は容疑者でもなんでもない。警察に所在を伝えておく必要はまったくないはずです」

一気にそう言い切り、松本の手からバッグを取り上げようとすると、松本は、

「あのさあ」

心底呆れたように言いながら、ひょい、と手を高く上げて僕の手からバッグを遠ざけた。

「ふざけないでください」

「ふざけちゃいないが、ボーズは思い込みが激しすぎる。人の話は最後まで聞くもんだぜ」

「誰がボーズですっ」

二十二歳の立派な社会人――まあ、今は職を失ってはいるのでフリーターだが――を摑まえて『ボーズ』は失礼だろうと怒鳴ると、

「誰ってお前しかいねえだろうよ」

松本は呆れたようにそう言い、ほれ、と僕にバッグを返して寄越した。

「失礼します」

「そんなに急いだところで、行く場所なんざ見つからねえんだろ？　あんたの叔父貴の家に行くんなら俺が送ってやるからよ、ちょっと付き合ってくれ」

「はあ？」

付き合えってなんだ、と思っている僕の腕を松本はがしっと摑むと引き摺《ず》るようにして歩き始めた。

「ちょっと、離してくださいっ」

「ああ腹減ったな。ラーメンでも食おうぜ」

人の話を聞かないのはお前だろうが、という僕の抵抗も空《むな》しく、中野通りと大久保《おおくぼ》通りがぶつかったところにあるラーメン屋に僕は連れ込まれ、勝手にビールと餃子《ギョーザ》を注文されてしまっていた。

「ほら、乾杯」

松本の手を振り切って逃げようと思えば逃げられたのだが、店内に溢れる美味《おい》しそうなラーメンの匂いを嗅《か》いだ瞬間空腹を覚え、僕はついつい松本が注《つ》いだビールのグラスを持ち上げていた。

「……乾杯」

「おごってやる。なんでも好きなモン食えよ」

松本はそう言うと、自分でレバニラ炒《いた》め定食とチャーシュー麵という、がっつりしたメニューを先に店員に頼んだ。

「ぼ、僕はラーメンで……」

「遠慮するなよ」

松本がバシッと僕の背を叩く。第一印象からして最悪だったこの強面の松本刑事の顔が、びっくりするくらいに実は整っていた、という認識を第二印象で得た僕は、今日の第三印象で、彼が思いの外フレンドリーな性格であることに気づかされた。

見たまんまがさつで、態度も悪いのだが、どこか人を惹《ひ》き付ける人懐っこい面がある。だからこそ僕はこうして彼と、わけもわからずラーメン屋のカウンターで二人肩を並べ、餃子をつついているのかもしれなかった。

一本目のビールはあっと言う間に空いてしまった。松本はすぐ二本目を注文して僕のグラスに注いだ。

「どうも」

「なあ、一体何があったんだ？」

ちら、と松本が目を上げ、グラスを口につける僕を見る。

「……何って……」

「いやさ、もしかしたら俺がボーズを怒らせる原因を作っちまったんじゃねえかと思ってさ」

お返しに松本のグラスにもビールを注ごうと伸ばした僕の手を振り払い、自分でビールを注ぎながら、松本がぼそぼそとそんなことを言いだした。

「……まあ、そういうわけでもないんですが……」

もしや松本は、それを気にしてわざわざ追いかけてきたのだろうか——見た目から連想されるキャラクターを裏切る可愛らしい動機に、僕は思わず笑ってしまいそうになった。

口も態度も悪い、最悪の性格だと思っていた松本の新たな一面に触れたから、というわけではなかったが、アルコールが僕の口を軽くしたのか、僕はぽつぽつと、自分が鮎川の事務所を訪れた経緯から、今夜こうしてあの部屋を飛び出した理由を彼に話し始めた。

「……松本さんは信じてくれるかどうかわからないんですが、叔父の行方を捜す手がかりをなんにも思いつかなかったもので、藁《わら》にも縋《すが》る思いで鮎川さんの事務所を訪ねたんです」

「嫌味な表現は割愛してくれ。それよりなんで鮎川の事務所を知ったんだ？」

ほれ、と松本がまたビールを僕に差し出してくる。どうも、と僕はグラスを上げると、鮎川が警察の前で僕を待ち伏せていたことを説明した。

「なるほどね」

「僕が逮捕されたバーに居合わせていたからと名刺を貰《もら》って……女装してあの場にいたのは

偶然だと言ってましたが、もしかしたら偶然じゃなかったのかも……」

「うーん」

松本は何か言いかけたが、僕が顔を上げるとなんでもない、というように首を振り、

「それであいつの事務所に行ったのか」

と僕に話の続きを促した。

「ええ……叔父の行方を捜したいと言うと、お金がないなら労働奉仕してくれればいいからと言われて、あの事務所で働くことになったんですが、そうしたら今朝、姫井秘書の自殺のニュースが流れて……」

「それで鮎川がボーズに贈賄側の——金城建設の中で怪しい奴はいないかと聞き出し、話を聞きに行った、ってわけか」

「ええ……」

頷いたところに注文したラーメンが運ばれてきた。

「まず食えよ」

背中を叩かれ、「はい」と答えた僕は、美味しそうな匂いを立てているラーメンに箸《はし》をつけた。ふわっと湯気が顔にかかり、あったかいな、と思ったと同時になぜか僕の胸になんともいえない思いが込み上げてきてしまった。

「ほら、食えって」

早くもチャーシュー麺とレバニラ炒めに箸をつけていた松本が、箸を止めてしまった僕の背を小突いてくる。

「……僕は……やっぱり騙されたんでしょうか」

「あ？」

ぽそ、と呟いた途端、涙が僕の頰を流れた。顎を伝ってぽたぽたと、カウンターの上に零れ落ちる涙に気づいた松本はぎょっとしたように僕の顔を覗き込んできた。

「ど、どうしたんだよ」

「……鮎川さんは……姫井秘書のことを何も教えてはくれなかった……叔父を捜すために骨を折ってくれているのだとばかり思ってた……僕から話を聞き出そうと一生懸命なのも、叔父さんを捜そうとしてくれているのだと思ってたのに、あれはみんな……」

「わかった、わかったからまずは食え。冷める前に食え。なんでもいいから食え。食えば落ち着くから」

慌てたように松本が箸を持った僕の手を摑むと、無理やりラーメンを掬《すく》わせる。

「ほら、食えって」

口へと持ってこられた箸からラーメンを啜《すす》る。

「………」

温かい湯気は僕の涙腺《るいせん》を刺激したけれど、同時に僕をほっとさせ、今度は自分で麵を掬うと、ずず、とラーメンを啜った。

「そう、のびちまったラーメンなんざ、食えたもんじゃなくなるからな」

「……はい」

食べ始めた僕を見て、松本がほっとした顔になる。『食えば落ち着く』という松本の言葉は満更口から出任せではなかったようで、全部食べきる頃には僕はすっかり落ち着き、不意に泣きだしてしまった自分を恥じる気持ちの余裕を取り戻していた。

「行くか」

ラーメン屋で長居はできないから、と松本は金を払うと、僕のボストンバッグを持ち先に立って店を出た。

「あの、半分払います」

「誘ったのは俺だ。おごってやるよ」

松本はそう笑うと、近くのパーキングに車を停めてあるのだと言い、ワンブロック離れたコインパーキングに僕を連れていった。

「どこにでも送ってやる。叔父さんの家でも、ホテルでも」

「…………」

どこにでも、と言われたが行くことができる場所は松本の言うその二箇所しか思いつかなかった。だが叔父さんの家には刑事たちが張り込んでいる——まあ、松本も刑事なのだが

――と思うと、そこに向かうのはなんだか気が重かった。

「鮎川の事務所に引き返すという選択肢もあるが」

「……それは……」

ない、と首を横に振った僕に、松本は「そうか」と頷くと、車のエンジンをかけた。

「……別にあいつは、ポーズを騙そうとしたわけじゃないと思うぜ」

「え」

駐車場から車を出し、路上を走りながら、松本がぽつんと言いだしたのは、先ほどのラーメン店での僕の問いへの答えらしかった。最初それがわからなかった僕が、小さくそう問い返したのに松本は頷くと、言葉を選ぶようにして話を始めた。

「さっきも言ったが、俺と鮎川、それにあの死んだ姫井は高校の同級生だったんだ。なんていうかやたらと馬が合ってよ、結構突っ込んだ付き合いをしてたんだよ。高校卒業してもう二十年近くなるのに、未だに交流がある……そんな仲だったんだが……」

「……へえ……」

そういう関係を世間では『親友』と呼ぶのだろうな、と思いながら相槌を打った僕は、今まで親友と呼べるような相手に恵まれたことはなかった。高校を卒業してからわずか四年しか経《た》っていなかったが、高校時代の同級生と会うことなど滅多にない。

羨ましいな、と素直に思い頷いた僕を松本はちらと見たあと、再び口を開いた。

「それぞれ進む道は違ってたし、互いの仕事に干渉することは滅多になかったんだが、ここにきて姫井が躓《つまず》いてよ」

「え……」

躓いた、ということは――新聞記事に書かれていた『収賄』や『公金横領』という文字が僕の頭に浮かぶ。松本はそれが見えたかのように頷くと、

「そう。飯塚代議士の手先になって、収賄に手を染めていることがわかったんだよ」

吐き捨てるような口調でそう言い、肩を竦めた。

「……それって、本当のことなんですか？　新聞のでっち上げなんじゃ……」

「収賄については少なくともでっち上げじゃない。俺も鮎川も本人から聞いたんだからな」

「……本人から……」

それ以上に確かな情報はなかったに違いない。だがそれをいくら親友とはいえ、現職の刑事に話したという姫井の行動に僕は驚いてしまっていた。

「……特捜であいつの名が挙がったと聞いた俺は、鮎川と一緒に奴を問い詰めたんだよ。確かに金を受け取っているとあいつは認めたが、俺たちがいくら『やめろ』『自首しろ』と言っても聞かなかった。それどころかその情報を、飯塚代議士本人に教えやがった。俺の立場より、飯塚の身の安全を選びやがったんだよ」

「……そんな……」

松本の口調は乱暴だったが、表情は怒っているというよりは、やりきれなさを湛《たた》えているように僕には見えた。

彼らこそ『親友』と思われていた男に裏切られていたのか、と僕は口を閉ざした松本の横で何も言うことができず、じっとフロントガラスの前を見つめていた。

暫《しばら》く大通りを走ったあと、赤信号に車が停まる。それが合図になったかのように、松本はまたぽつぽつと話を始めた。

「……情報が漏洩《ろうえい》したのに気づいた特捜が、逮捕のタイミングを早めることにした。あの日、金の受け渡しがあるというリークがあり、俺たちはバーに乗り込むことになった。それを俺は鮎川に伝えたんだ」

「……それじゃあ、やっぱり……」

あの場に鮎川がいたのは『偶然』でも『別件』でもなかったのかと問いかけようとした僕に、松本は「ああ」と頷き言葉を続けた。

「逮捕されるより前に自首させたい、と鮎川は俺に言った。現行犯逮捕されれば奴はすべての罪を一人で被っちまうに違いないってな。あの日、姫井を逃がすために鮎川はあの場にいたんだ。鮎川は姫井を逃がしたあと自首を勧め、姫井もそれを了解したらしい。だが今朝、姫井の死体が発見された」

「…………」

信号が青になり、車が走り始める。どうやら新宿方面に向かっているらしいが、松本は特に目的地をどこかに設定しているようには見えなかった。

「……さすがに警察官の俺に鮎川は、姫井を逃がし匿《かくま》ったとは言えなかった。姫井の死体が発見されて初めて実は自分が姫井を逃がしたことと、彼が自首をするつもりだったということを知らせてきたんだ。絶対自殺なんかするわけがない、誰かに殺されたに違いないってな」

「……それで捜査を始めたんだ……」

ぼそりと呟いた僕に、松本はそうだというように頷いてみせると、

「あいつも責任を感じたんだろうよ」

そう言い、また肩を竦めた。

「責任？」

「ああ。あの時姫井が逮捕されてさえいれば、死ぬことなどなかったんじゃないかってね。それで奴も必死になったんだろう……だがだからといって、あんたを騙そうとしたわけじゃ……」

「……もういいです」

松本が鮎川をフォローしようとするのを、僕は思わず遮っていた。

彼の話を聞けば聞くほど、鮎川の目的は姫井の死の真相を探ることだと思い知らされる気

がしていたからだ。

『親友』同士だという彼らの友情への嫉妬《しっと》もあったかもしれない。僕にはピンチに陥ったときに助けを求める相手が叔父以外、一人として思い浮かばなかったというのに、彼らは互いに手を差し伸べあっている、それを酷く羨ましく感じてしまったのかもしれない。

それだけにその『親友』の松本が鮎川を庇《かば》おうとしているのがまた癇《かん》に障ってしまったのだが、きっぱりと言い捨てた僕に松本は一瞬驚いたように息を呑むと、そのあとは何も喋らず、フロントガラスの向こうを見つめたまま、ただ車を走らせていた。

「……そうだ、どこへ行くか」

西新宿のビル街が見えてきた頃、松本が思い出したように僕に問いかけてきた。

「竹内光雄の……失礼、叔父さんの家に戻るつもりはなさそうだな」

「……ええ……」

松本が思っていたような嫌な男ではなかったとわかったとはいえ、刑事たちに見張られている叔父の家で寝起きする気にはとてもなれなかった。

だが寮を追い出された僕にはそこ以外、戻るべき家はなかった。仕方がない、戻るか、と溜め息をつきかけたとき、松本は僕に、

「それなら、ホテルにでも泊まるか？」

そう問いかけ、顔を覗き込んできた。

「そうしたいのは山々ですが、先立つものが……」

「なんだ、金か」

持ち合わせどころか預貯金も殆どないことを恥じた僕が、ぼそぼそと答えると、松本はあっさり頷いたあと、おもむろにスーツの胸ポケットから財布を出した。

「あの？」

ぎょっとして顔を上げたのは、松本が僕の膝にぽん、と一万円札を五枚、放ってきたからだ。

「当座の生活費にでもしろ」

「い、いや、そんな……」

困ります、と僕は慌てて札を拾い上げ、松本に返そうとしたのだが、松本は受け取ろうとしなかった。

「何もやるって言ってるわけじゃねえ。金ができたら返してくれればいいから」

「それにしたってこんな大金……」

「金には不自由していないんだ。気にしなくていい」

刑事は安月給が標準《デフォ》だと思っていた——というのは、テレビの刑事ものの見すぎだろうか。言われてみればこの松本、スーツ姿もしゃんとしてるし、車は覆面なのかもしれないが最新型のＢＭＷだし、確かに金に不自由しているようには見えなかったが、それにしてもこんな

ことまでしてもらう理由がない、と僕は、

「困ります」

となおも彼に札を押し付けようとした。

「金がなくて筒抜けでもされりゃ、逮捕するのが面倒だ」

「筒抜け？」

「ホテルに泊まるだけ泊まってドロンするってやつだよ」

ほら、と松本は僕に金を押し返すと、後ろを振り返ってドアを開き車から降り立った。

「そんなこと、僕がするわけないでしょう⁉」

「未来の犯罪を予防するのも警察官の立派な仕事の一つってことで。ほら」

松本は後ろの座席から僕のボストンバッグを次々取り出し、僕へと押し付けてくる。僕は金をポケットにしまい、それらの荷物を受け取らざるを得なくなってしまった。

「それからこれ。俺の携帯番号」

言いながら松本はポケットから名刺入れを取り出し、中から一枚抜いて僕に渡した。

「……え……」

携帯番号だけでなく、名刺には当然彼の役職も書いてあった。

『新宿東署刑事課課長　警部　松本 誠《まこと》』

「か、課長？？　け、警部？？」

どう上に見積もっても三十代半ばと思える彼にそんな役職がついているとは思ってもなかった僕は素っ頓狂な声を上げてしまったのだが、

「そこじゃなくて、携帯を見ろ」

松本は僕の驚きに少しも動じず、左脇に書かれた携帯番号を指で示してみせた。

「気が向いたら宿泊先を教えてくれ。ポーズが言うように、義務じゃない」

それじゃな、と松本は片手を挙げ、車に乗り込むとその場を去っていった。

「………」

ブレーキランプが二度ほど光る。その様子を呆然と見ていた僕だが、いつまでもこんなところに立っているわけにはいかないと周囲を見回し、目の前にビジネスホテルを見つけた。見たところそれほど値段が高いようではない。松本はここにでも泊まれという意図をもって車を停めたのかもしれないな、と思いつつ僕は今は素直に彼の意思に従うことにした。疲れ果ててもいたし、なんというか——松本への感謝の気持ちもあった。

部屋は運良く空いている上にシングルは一泊六千円くらいだったので、とりあえず二泊と頼んだ。案内された部屋は値段に見合うような狭さだったが、インターネット環境が整っているのはありがたかった。早速モバイルを繋ぎ、メールをチェックしたが叔父からの返信はない。テレビはもう、ニュースをやっているような時間ではなかったので、ｗｅｂでニュースを見たが、姫井自殺の報以降、関連記事は一つも出ていなかった。

「…………」

一体これからどうしたらいいのか——ごろりとベッドに横たわり、薄汚れた天井を眺めながら僕は一人溜め息をついた。

鮎川のもとを飛び出してきてしまった今、頼るべき人間は誰もいなくなった。たった一人でどうやって叔父の行方を捜せばいいのだろう。考えれば考えるほど不安になってくる。

鮎川と一緒に捜査すればいいじゃないか、という誘惑を囁き続ける僕がいる。確かに彼の目的は姫井秘書の死の真相を探ることかもしれないけれど、追うべき敵——敵がいると仮定しての話だが——は同じだろう。協力しあえばいいじゃないか、というあまりに真っ当な、あまりに自分にとっては容易《たやす》い道を囁く己の声から耳を塞ぐと、僕はごろりと寝返りを打った。

そうだ。こだわることはないとわかってはいるのだ。鮎川が僕に近づいた動機がたとえ姫井を救うためだったとしても、二人の到達点が一緒であるのなら、意地を張らずに彼と協力しあえばいいと思ってはいるのだ。

今夜だって、僕一人では中本係長から何一つ話を聞き出せなかったに違いない。鮎川の助けがなければ、いつまで経っても叔父を見つけることなどできないかもしれないと思うのに、どうしても僕は鮎川のもとに引き返す気にはなれないでいた。

このこだわりはなんなのだろう——ぼんやりとそんなことを考えていた僕は、いけない、と我に返り首を横に振った。今はそんなことを考えている場合じゃない。いかにして一人で叔父の行方を捜すかだ、とまたごろりと寝返りを打ち、僕は天井へと目をやった。

今、手がかりと思われるのは三上取締役と中本係長の癒着だけ——女装した鮎川の指摘に、中本係長は顔色を変えただけでなく、その足で三上取締役の家に向かったのだという。

絶対に何かある——確信に溢れてはいるのだが、その『何か』を探る手立てが思いつかない。

こうなったらがむしゃらに当たっていくしかないか、と僕は心を決めた。三上取締役には話しかけたことなど数回しかないが、中本係長ならまだ話が聞けるだろう。明日、会社を訪ねてみようと心を決めると、今夜はもう寝ることにした。時刻は既に二時を回る頃である。

ぱち、と枕元で室内すべての電気を消し、ベッドに潜り込んだ僕の脳裏にふと、鮎川の輝くような美貌が——ホステス姿の彼が浮かんだ。

『トモ……』

紅い唇が僕の名を呼び、端整な眉が切なげに顰められる。

何が『トモ』だ、何が『ボス』だと僕は浮かぶ映像をぶんぶんと頭を激しく振って追い出すと、もう何も考えまいと毛布を被ったのだが、なぜだかその夜は少しも睡魔は襲っては来ず、ごろごろと無意味に寝返りを打つうちに僕は夜明けを告げる鳥の鳴き声を聞くことになってしまったのだった。

8

翌日僕は夕方になるのを待ち、通い慣れた新宿の金城建設が入っている高層ビルの前に立った。

総務部では殆ど外出はなく、退社時間も定時である人間が多い。中本係長もそんな毎日を送っていたと知っている僕は、彼を待ち伏せしようとして、社を訪れたのだった。

電話を入れれば体よく断られるかもしれないと思い、待ち伏せすることを選んだのだが、その狙《ねら》いは正しかった。

六時過ぎ、ぞろぞろと金城建設の社員と思われる人間たちがビルを出て行く。その中に一人駅へと向かう中本の姿を見つけ出した僕は、よし、と拳《こぶし》を握り締め彼に駆け寄っていった。

「あの、係長」

「ん？」

後ろから声をかけた僕を、中本は足を止めて振り返ったあと、露骨に迷惑そうな顔をした。

「なんだ、君か」

そのまま踵《きびす》を返し歩きだそうとする彼の横を、僕は同じ速度で歩き始めた。

「お話があるんです」

「悪いが急いでいるのでね」

まさに取り付く島はないというのはこういう状態を言うのだろうというくらいに、愛想のない声で中本はそう言うと、そのままずんずんと道を急ぎ始めた。

「お聞きしたいことがあるんです」

遅れまいと僕も必死で歩調を速める。

「なんだね。今、急いでいると言ってるじゃないか」

不機嫌さを隠そうともしない邪険な中本の物言いに、かちん、ときてしまったこともあり僕は思わず、

「三上取締役のことなんですけど」

と切り札と思われる人の名を早くも出してしまった。

「三上取締役だと？」

やはりこの名は効果覿面《てきめん》だったらしい。中本の歩調が遅くなり、じろりと僕の顔を見上げてきた。

「一体なんだね？」

ここで切り札その二を出すのは、早急かもしれないと思ったが、確実に中本の足を止めるには必要か、と僕は腹を括った。

「三上取締役と飯塚代議士の関係についてです」

「なんだって?」

中本が驚いたような声を上げたあと、慌ててあたりをきょろきょろと見回し始めた。人には決して聞かれたくない内容ということなのだろう。探られては困るネタがあるに違いないという確信を深めた僕の腕を中本が摑む。

「わかった。話は聞くが、ここでは駄目だ。人目がありすぎる」

「ではどこで……」

問い返した僕の頭に、自分の泊まっているホテルの部屋が浮かんだ。

「そうだな」

場所を考えている中本の腕を逆に僕は摑むと、

「それでしたら人に邪魔されない場所に行きましょう」

そう言い、一瞬不安そうになった彼に虚勢で作った笑みを浮かべてみせた。


「なんだ、こんなところに泊まっているのか」

僕の連れていった部屋を興味深そうに見回す中本に椅子を勧め、僕はベッドに腰を下ろした。

「で？　話というのはなんだね」

切り札を示したときからかなり時間が経っているからか、中本は既に落ち着いていた。僕は僕で、こうしていざ向かい合ってしまうと、何をどうやって聞けばいいのか少しも見当がつかなくなり、どうしようという思いばかりが先に立ち、無駄な沈黙の時間を過ごすことになってしまった。

「まったく、人を無理やりこんなところに連れ込んでおいて、だんまりとは酷いじゃないか」

僕の余裕のなさはそのまま、中本の余裕に繋がってしまったらしい。やれやれ、と聞こえよがしに呆れた溜め息をついてみせた彼を見て、これ以上黙っているとナメられるばかりだと、考えがまとまりきってはいなかったがとりあえず問いをしかけてみることにした。

「三上取締役と飯塚代議士が繋がっているという噂を聞きました」

「間違った噂だなあ。飯塚代議士が懇意にしているのは社長だと君も知ってるだろう？　同郷の上に高校の先輩後輩だ。選挙のときも社長は率先して票集めをしてるじゃないか」

もともと中本は弁の立つ男なのだが、今、立て板に水のごとく滔々《とうとう》と喋る彼に僕は圧倒されそうになっていた。

「飯塚代議士と社長の会食に、総務部長の三上取締役も二、三度同席したことはある。だからまあ、まったく知らない仲というわけじゃないが、『繋がってる』というほどのことでもないよ。それを言うなら、田中《たなか》専務だって……」

「で、でも、飯塚代議士の腹違いの妹さんが三上取締役の奥さんなんでしょう？　それで二人の間には強い結びつきがあるんだって……」

「なんだと？」

それまでべらべらと話をしていた中本が、ぎょっとしたような顔になった。

「……どこからそれを聞いた？」

抑えた声を出し僕をじっと睨みつけてくる。余程この情報は機密性の高いものだったのだろう。中本の額に浮く脂汗を見ながら、僕はなんと答えようかと頭をフル回転させた。

「どこからそれを聞いたんだ？」

中本が、適当なことは言わせまいという迫力で再度問い、僕を睨む。

「ひ、人から聞きました」

「誰だ？　デマとは思わなかったのか？」

デマ、と自分で言ったあと、そう言い逃れればいいと中本は思ったらしかった。厳しい表情が和らぎ、声に余裕が戻っている。

「まったく、誰がそんないい加減なでたらめを君に吹き込んだのかね。だいたい腹違いの妹さんなど、飯塚先生にはいないないだろう」

「でたらめじゃありません。係長も今、真っ青になったじゃありませんか」

僕の言葉を聞き、中本は心底呆れたように「はっ」と息を吐いた。

「馬鹿馬鹿しい。誰が真っ青になっただ。そんなでたらめな噂で僕が動揺するわけないだろう。話がそれだけなら帰るよ」

言いながら中本は立ち上がり、本当に帰ろうとした。

「待ってください」

ここで彼に帰られては元も子もない。次に呼び出すことはもう不可能に近くなってしまうだろう。なんとかしなければ、という思いだけが僕を動かし、言うつもりがなかったことを彼に叫んでしまっていた。

「でたらめじゃないですよね？　昨夜ホステスからその話を聞いたあと、係長は三上取締役の家に駆けつけたそうじゃないですか」

「なんだって？」

驚愕の声を上げた中本の顔から冷笑が消えていた。わなわなと唇が震え、額に滲む汗が粒になって流れ落ちている。

「……なぜそんなことを知ってる？」

「……あ……」

ひきつった顔で中本が問いかけてきたのに、僕は今度こそ答えようがなく黙り込んでしまった。『警察から聞いた』とだけは言えない。警察に見張られている事実を知らせることで、彼らを逮捕するチャンスを永久に逃してしまうことを僕は恐れたのだが、ここで聞いた、という偽の答えはどんなに頭を振り絞っても咄嗟《とっさ》には浮かんでこなかった。

「……俺を見張ってでもいたのか？」

「……え、ええ……」

中本の問いに頷いた僕は、そうだ、彼のあとをつけたことにしようと思いついた。が、それには根本的な無理があることを直後の彼の言葉で僕は知らされることになった。

「つけてきたはいいが、なぜホステスのことを知ってる？」

「…………」

そうだ、ずっと彼を見張っていたにしても、高級クラブの店内での会話までは盗み聞くことはできない。一体なんと答えよう、と必死で考えを巡らせていた僕の頭を中本はじっと見つめていたが、やがて「あ」と驚いた顔になった。

「……え……」

嫌な予感がする――中本が無遠慮に僕を真っ直ぐに指さしてくる。鼻先に突きつけられた彼の人差し指を見た瞬間、僕は自分のその『嫌な予感』が的中したことを知った。

「もしかしたら、竹内君、君……『桃香』か？」

「…………」

違う、ととぼければいいものを、僕はまさに『Ｙｅｓ』と言っているかのようにその場に固まってしまっていた。

「やっぱりそうか……あの『桃香』は君か……」

じろじろと中本が僕の顔を穴が開くほどの勢いで眺め始める。

「驚いたな。完璧に騙された。君が変装……いや、女装か。あんなふうに化けられるなんてね」

「……ち、違います……」

弱々しい僕の否定も『肯定』にしか受け止めてもらえないようで、中本は聞き咎《とが》めることもなく、逆に僕に問いを重ねた。

「それならあのもう一人のニューフェイス、確か亜弓とかいったあの女も変装なのか？　一体あれは誰なんだ？　なぜ三上取締役と飯塚代議士の関係を知っている？」

「……え……」

認めた——今、中本ははっきりと、三上取締役と飯塚代議士の関係を『知っている』かと尋ねた、と僕が彼を見上げたのと、中本がしまった、というような顔をしたのは同時だった。

「……やっぱり……二人の間には密接な関係が……」

「……それを知ってどうしようと言うんだ」

中本はもう、詭弁《きべん》を弄《ろう》しようという気はないようだった。ふてぶてしく居直った彼の真意はわからなかったが、このまま一気に口を割らせようと僕は勢い込んで尋ね始めた。

「何をどうしようという気はない。叔父さんの行方さえわかればあとのことは関係ないんだ。叔父さんはどこだ？　無事でいるのか？　姿を隠したのは本人の意思じゃないはずだ。一体どこに隠してるんだ」

「……お前の狙いはそこか……」

中本がはあ、と大きく息を吐き出したあと、低く呻《うめ》いて僕を睨んだ。

「そうだ！　叔父さんは無事でいるんだろうな？　もしものことがあったときには僕は……っ」

「無事に決まってるだろう」

吐き捨てるような口調で言われた言葉の意味が、最初僕にはストレートに伝わってこなかった。

「え？」

「無事だ、と言ってるんだ。まったく、人をなんだと思ってるんだ」

呆れている上に、腹立たしく思っているらしい中本の態度に、僕はようやくずっと知りたかった叔父の無事を確かめられたという事実に気づいた。

「……本当か……」

「ああ、ぴんぴんしてるよ。今、姿を現すとマスコミに集中砲火を浴びると、我々が匿ってるんだ。それを……」

「え……」

匿ってる――？　それはどういうことなんだと僕は驚きのあまり言葉を失い、まじまじと中本の顔を見返した。

「ついてくるといい。竹内課長に会わせてやるよ」

「え……」

信じられない――これは罠《わな》だ、という自分の声が耳元でがんがんと響いている。が、僕の足は部屋を出ようとする中本のあとを追っていた。

「……あの、どこへ……」

ホテルを出た中本はタクシーを捕まえると、「神楽坂《かぐらざか》」と地名を告げ、あとはまるで何か考え事でもしているかのように黙り込んで、行き先を尋ねる僕の問いにも答えようとしなかった。

中本は車を坂の下に停めると金を払い、すたすたと路地を入っていった。

「あの」

入り組んだ路地は迷路のようで、僕から方向感覚を奪ってゆく。一体どこへ向かっているのだろうと思いながら必死で中本のあとを歩き続けて約十五分後、中本はどういう特徴のない、三階建ての古いビルの前で足を止めた。

「…………」

ここに叔父がいるというのか――築どのくらい経つのかわからない、古びたビルだった。特徴がないと言ったが、一つだけ、『特徴』と思われる事項がある。なんとこのビルには、入り口らしいドアがどこにも見当たらないのであった。

インターホンがかけられているところはどう見ても『壁』でドアではなかった。一体どこから入れというのだろうと思っていた僕の前で、中本がインターホンを押した。

『はい』

「中本です」

中から響いてきた金属的な声に、聞き耳を立てていると、ウィン、と壁の一部が開き、小さな台が現れて僕を驚かせた。

『指紋照合を』

中本が掌をその台に乗せる。

『照合終了。ドアを開きます』

金属的な声がそう告げたと同時に、壁から現れた台は再び壁へと戻ってゆき、僕が唖然としているうちに、縦二メートル、横一メートルほどの四角い線が壁の中から現れた。

「行くよ」

中本が手を壁の一部に押し当てると、なんとその四角は『ドア』になった。内側に開いたその扉から中本は中へと入ろうとしている。

「ま、待ってください」

慌てて僕も彼のあとを追い、金属の扉の中へと足を踏み入れたのだが、そのとき僕には自分がいかに危険な場所を訪れているかという自覚がまったくなかった。

「いらっしゃいませ」

中に入ったところにフロントらしきものがあった。たとえは悪いがまるでラブホテルの受付のようだった。勿論、建物内の装飾品は僕のような素人《しろうと》が見ても、この置物一つでいくらするのだろう、と思うくらいに高級感に溢れていたのだが、フロントの後ろにずらりと並んでいるモニターが、なんとなくあの、ラブホテルの部屋の写真を飾ってあるあれとシンクロしてしまったのだった。

警備上の問題なのだろうかと何気なくモニターを見上げた僕は、映っている映像にぎょっとし、思わずまじまじと凝視してしまっていた。

どうやらそれらの画像は、このビルの室内を映したもののようだった。僕がラブホテルを連想したのも無理のない話で、いくつか大きなベッドが映っていたのだが、今、動いている画像は二つくらいで、他の部屋には人がいないようだった。

その『動いている画像』が問題だった。目を凝らしてよく見ると、全裸の女性が梁《はり》のようなものに括《くく》り付けられ、鞭《むち》で叩かれているのである。

一体何事かと目を凝らしている僕に気づいたのか、中本はふふ、と笑うと、

「音声も聞けるよ」

と言い、目でフロント係に合図した。

「かしこまりました」

フロント係が手元のスイッチを操作した途端、壁に埋め込まれたスピーカーから女の悲鳴が流れ始め、あまりの生々しさに僕は耳を塞いでしまった。

『いやぁっ……あぁっ……許して……っ……許して、ご主人さまぁ』

『お仕置きだ。あんな若造に色目を使うからだ』

画面に男の後ろ姿が現れる。漏れ聞こえる芝居がかったその口調はまるで台本でも読んでいるみたいだと いう僕の感想はどうやら的を射たもののようだった。

「プレイだ。彼女はM、彼はSだ。因《ちな》みにあの部屋の隣には二人のプレイを眺めるギャラリーもいる」

「……な……」

中本はにやりと笑うと、今度はもう一つ、動いている画像を指差した。

「あれは少年だ。調教中でね、あの部屋にもファンが多いよ」

「…………」

調教中という言葉の意味がわからなかった僕だが、画像の中には確かに『少年』と言うに

相応《ふさわ》しい小柄の男が四つん這《ば》いになっていた。

「音を」

「かしこまりました」

中本のリクエストでスピーカーから聞こえる音が切り替わる。

『あっ……あぁん……やぁん……きて……きてぇ……』

「え」

悩ましげに腰を振る少年の嬌声《きょうせい》にぎょっとしている僕に、中本は画像を指さしてみせた。

「バイブで苛《いじ》められているんだ。最初は泣いて嫌がっていたのに、今じゃすっかりこの世界に慣れてね。見られると感じるらしいんだよ」

「…………」

わからない——一体ここはなんなんだ、と呆然とモニターを見ていた僕の脳裏に、昨夜中本が言っていた『秘密クラブ』という単語が蘇った。

『秘密の会員制クラブがあるんだよ。ここなんかよりよっぽど面白い店だ。VIP御用達で滅多なことじゃ入れない』

それがもしかしたら『ここ』のことなんだろうか、と中本へと視線を向けると、彼は昨夜僕の脚を撫でまわしていたときの、いやらしい中年男の顔になっていた。

「約束どおり『桃香ちゃん』を連れてくることができた、というわけだな」

「…………」

なんだかとてつもなく嫌な予感がする。本当にこんなところに叔父はいるのだろうかと一歩後ずさりかけた僕の腕を、中本が摑んだ。

「行くよ」

「……はい……」

ここまで来ておいて引き返すわけにはいかなかった。フロントで鍵を受け取った中本に腕を引かれるまま、僕はこの淫靡《いんび》な雰囲気溢れる建物の内部へと足を踏み入れたのだった。

細い通路を何度も曲がり、ときに階段を上り、また下り、というように、フロントの前を通り過ぎてから僕はたっぷり五分は歩かされていた。

どうやらこの建物は、小さな個室がたくさん並んでいる造りになっているらしく、その個室を囲むように通路が張り巡らされているようだった。

「まだ時間が早いからね。少し覗いてみるか？」

「……いえ……」

階段を下りきったところで中本が思いついたように僕を振り返ってそう言った。一刻も早

く叔父の無事な姿を見たかった僕は彼の誘いを断ったのだが、

「何事も経験だよ」

中本にとっては僕の意思など少しも関係ないようで、ずんずんとフロアの中心めざして歩いていってしまい、仕方なく僕は彼のあとについていった。

ドアを開くと、そこは四方の壁がガラス張りになっている部屋だった。中は無人でガラスの壁に向かい、高級そうな革張りのソファが並べてある。一体どういう部屋なんだと室内を見回したとき、右側の壁——というかガラスの向こうに、フロントのモニターで見た少年が四つん這いになっている姿が目に飛び込んできて、僕を唖然とさせた。

「こちらからはよく見えるが、向こうからはこちらが見えない——勿論見えるようにもできるけれどね」

やってみるかい、と中本は笑うとガラス窓へと近づいていき、何かスイッチをいじった。ウィン、と機械が動く音がしたと同時に、ガラスの向こうにいた少年が驚いたように僕を見て悲鳴を上げた。

「な……？」

「あちら側からも室内が見えるようにしたんだよ。ほら、あの子、見られてることにますます興奮してるだろう？」

音が聞こえないので何を言っているのかはわからないが、四つん這いの少年が僕を指さしている。彼の背後には二人の中年男性がいたが、妙な仮面をつけていて顔ははっきりわからなかった。

と、その男の一人が僕を見て笑うと、少年に歩み寄り四つん這いの彼の身体を起こし始めた。

「…………」

そのまま男は膝の上に少年を抱え上げ、嫌がる彼の両脚を開かせる。勃起した性器とともに、少年の後ろに、多分あれはバイブなんだろう、うねうねと蠢《うごめ》く黒い棒のようなものの先端が見え、あまりのえげつなさに僕はたまらず顔を背けた。

「ふふ、あんなに悦《よろこ》んでいる。見られると興奮するものなのかね」

中本が僕の背を小突く。反射的に顔を上げた僕の目に、中年男の身体の上で身悶《みもだ》え、腰を揺らしている少年の姿が映ったが、どうにも痛ましさが先に立ってしまって凝視することはできなかった。

「まあいい」

行こう、と中本はまたスイッチをいじったあと、僕を伴い部屋を出た。

「あの部屋にいた二人の男——名前を聞けば君も驚くような高名な人たちだよ。一人は国会議員。もう一人は大学教授だ。ここはそういう名のある人たちが、人目を気にせず欲望を発散する場でね。見るもよし、参加するもよし、浮世の憂さも、地位も体面も忘れられる場所なのさ。メンバーになるには会員の推薦と審査がある。今現在約百名の著名人が名を連ねている、君などには一生縁がないようなセレブの集まりというわけだ」

「…………」

得意げに喋る中本の言葉を聞いている僕の脳裏には、先ほどの少年の裸体が浮かんでいた。何がセレブだ。何が名のある人たちだ。こんな悪趣味極まりない場所のどこがセレブの集まりなんだという憤りが胸に溢れてくる。

「こちらだ」

僕の怒りになど少しも気づかぬように中本はまた階段を上ると、すたすたと狭い廊下を歩いてゆく。今度は僕に何を見せるつもりだと思いながら僕は中本のあとを追い、一つの部屋の前に立った。

「ここはこの建物内で最も奥まったところにある部屋だ。ここだけはモニターにも映らないし、どの部屋からも覗かれないようになっている」

中本は僕を振り返りそう言ったあと、鍵穴にキーを差した。かちゃり、と鍵の外れる音がする。

「さあ」

中本が部屋のドアを開く。室内は薄暗く、足を踏み入れるのが躊躇《ためら》われたが、中本がドア近くの照明のスイッチを入れ、室内がぱっと明るくなった瞬間、目に飛び込んできた光景に僕は思わず中へと駆け込み、部屋の中心に蹲《うずくま》っていた彼へと——叔父へと突進していった。

「叔父さん！」

「智彦《ともひこ》！」

急に明るくなったことに顔を顰めた叔父も、僕の姿を認めて驚きの声を上げた。

「叔父さん、大丈夫？」

開口一番、その言葉が出てしまったくらい、叔父のやつれようは酷かった。もともとやせてはいたが、今の叔父はそれこそ骨と皮、というくらいにやせ衰えていて、顔には無精ひげが浮いている。

「一体どうしたの？　何があったの？」

「智彦……」

摑んだ腕もあまりに細くて、僕はなんだか胸がいっぱいになってしまい、思わず叔父の顔を覗き込んだのだったが——。

「え？」

不意にがし、と後ろから両腕を摑まれ、驚いて顔を上げると、そこには警備会社のもののような制服を身につけた屈強の二人の男が立っていて、何事だと僕を驚かせ、かつ竦ませたのだった。

「……智彦……」

叔父の顔は真っ青になっていた。

「叔父さん……？」

見返す僕も顔面蒼白《そうはく》になっていたに違いない。わけがわからないままに両腕をとられ、そのままずるずると室内から運び出されそうになった僕は、慌てて手足をばたつかせて逃れようとしたが、男たちの腕は少しも緩まなかった。

「なんなんだ？　おいっ？」

叫ぼうが喚《わめ》こうが、僕の声などまったく耳に入ってない様子で二人の男は僕を叔父のいる部屋から引き摺り出すと、隣の部屋のドアを開け、乱暴な仕草で床に僕の身体を投げ出した。

「痛っ」

床にドサッと放り出されたとき、したたかに肘《ひじ》を打ってしまい、しびれる痛さに僕はその場に蹲った。パッパッと室内の電気が昼間のように明るく灯《とも》り、ウイン、というモーター音とともに、部屋の壁がゆっくりと上がってゆく。

「叔父さんっ」

隙間から現れた叔父の姿に、僕は何も考えずに駆け寄ろうとしたのだが、手を伸ばした瞬間、強い衝撃を受け、僕と叔父の間には分厚いガラスの壁があることを今更のように知った。

もしやこの部屋の造りは、先ほど中本が得意げに見せて寄越したあの、全裸の少年がいた部屋と、それを眺めていた部屋、それとまったく同じなのではないかということに気づいたのとほぼ同時に、天井から中本の声が降ってきて、思わず僕は上を見上げた。

『感動的な叔父甥の対面を邪魔して申し訳ないのだけれどね、君には聞きたいことがあってね』

「聞きたいこと？」

聞きたいことならこちらにだって山のようにあった。叔父はあの部屋に監禁されていたとしか思えない。一体なぜ、なんのために、そして誰が叔父をあんな目に遭わせたのか――まずはその答えを得てからだと僕が中本をガラス越しに怒鳴りつけようとするより一瞬早く、中本は僕に彼の『聞きたいこと』を尋ねてきた。

『……三上取締役と飯塚代議士の遠戚《えんせき》関係を俺に聞いてきた昨夜のあの『美女』は一体誰だ？　誰が三上取締役を探ってる？』

「…………」

誰――探っているのは鮎川で、その情報を提供したのは松本であったが、それを中本に教えてやる義理はなかった。

「知らない」

『知らなくはないだろう。贈賄容疑は竹内課長の公金横領、収賄容疑は秘書の自殺でカタをつけようとしているのに、一体どこの誰が穿《ほじく》り返そうとしているんだ？』

「知らないし知っていたとしても喋る気はないよっ」

怒鳴り返した僕に向かい、中本は馬鹿にしたように笑っただけだった。

「何が可笑《おか》しいっ」

『いや、早く喋ってしまった方が身のためだよ。さもないと――』

「え？」

中本が僕から視線を外して僕の背後に立っていた二人に手を挙げる。なんの合図だと振り返ろうとしたときには僕は、両脇から腕を男たちにがっちりと捕らえられてしまっていた。

「おいっ？」

今度は一体どこへ連れていこうとしているのだと暴れる僕の耳に、中本の笑いを含んだ声が響いてきた。

『さもないと、叔父さんの前で恥ずかしい思いをせざるを得なくなる』

「なに……？」

何を言ってるんだと問い返そうとしたとき、男の一人が僕から離れ、もう一人が後ろから僕を羽交い締めにした。

「離せよっ」

後ろの男を怒鳴りつけ、前の男を睨みつけたが、二人とも顔の表情をぴくりとも動かさなかった。

『喋る気になったかな？』

無表情の男の後ろ、ガラス越しに中本が僕に笑いかけてくる。

「誰が喋るかっ」

『それなら仕方がないな』

叫んだ僕の声を聞き、中本はやけに嬉しそうな顔になったかと思うと、信じられない言葉を口にした。

『服を脱がせろ』

「なに？」

命じた相手が室内にいる二人の男たちであることは明白だった。僕の前に立つ男が無表情のまま僕の服に手をかける。

「よせっ」

暴れようとしたが、二人がかりでは抵抗のしようがなかった。

『智彦っ』

叔父の悲痛な声が頭の上から響いてくる。

「やめろっ！　おいっ！」

あっと言う間に全裸にされた僕を一人の男が押さえ込んでいる間に、もう一人の男がドア近くに向かい、何かスイッチを押した。と、天井が開き、ジャラジャラと音を立てて何かが頭の上に降ってきて、ぶつかる、と目を閉じた僕のかなり上でそれは止まった。

『繋いで』

降ってきたのは鎖の先に革のついた手枷《てかせ》だった。男の一人が無理やり僕の腕を上げさせ、左右両方に手枷を嵌める。これで僕は手で前を隠すことも、その場から動くこともできなくなってしまった。

『智彦っ』

叔父がガラスに縋りつき、再び僕の名を悲痛な声で呼ぶ。

『どうだ、少しは喋る気になっただろう』

中本が下卑た笑いを浮かべて叔父と僕を代わる代わるに見た。

「離せよっ」

『今でも充分『恥ずかしい』とは思うけれどね、喋らないというのなら、更に『恥ずかしい』目に遭うよ？』

「な……っ」

中本が、いつの間にか僕の背後に立っていた男の一人に目配《めくば》せする。男はまたドアへと近づいていき、そこで何か操作をした。と、天井から僕の腕を吊《つ》っていた鎖が伸びる。繋がれていることに変わりはないのに、動けるようになったことで反射的に僕はその場を逃げ出そうとしたのだったが、

「離せっ！　おいっ」

後ろからまた男の一人に羽交い締めにされ、その場に無理やり座らされてしまった。手枷がまた僕の手を持ち上げ、身体の自由を奪う。それでも身体を捩《よじ》って叔父の目からせめて性器だけでも隠そうとしたとき、僕の後ろに座り込んだ男に今度は両脚を摑まれ、僕はその男の膝の上で大きく脚を開かされた、いわゆる『大股開き』の格好をさせられてしまった。

「よせっ！」

隠すどころかあますところなく下肢を晒されてしまう恥ずかしさに、叫んだ僕の声は男たちに綺麗に無視された。後ろから脚を抱えている男も、傍らで僕の姿を見下ろしている男も相変わらず無表情で一言も喋ろうとしない。だが男たちの僕を見る目には、今までにない光が灯り始めていた。

それが『欲情』であるとわかったとき、僕は今更のように彼らに対する恐怖の念を覚えた。

『智彦っ』

見るに堪えない僕の姿に、叔父が悲鳴を上げ、顔を背ける。

『課長からも説得してください。竹内君が知ってることを喋るようにね』

慇懃無礼《いんぎんぶれい》とはまさにこういう態度を言うのだろうというような中本の声を聞いてはいたが、彼がどんな顔をして叔父に喋っているのかを、僕は見ることができなかった。さすがにこの恥ずかしい姿を晒しながら彼らの様子に目をやれなかったのである。

『さあ、竹内君。君の知ってることを洗いざらい喋るんだ』

中本が今度は僕に大上段に構えた様子で声をかけてくる。

『何も言いたくないというのなら、彼らに喋らせてもらわざるを得なくなる。二人とも『調教』のエキスパートでね』

「…………」

調教――僕の脳裏には先ほど見た、少年が悶える姿が浮かんでいた。バイブを後ろに突っ込まれて悩ましげに腰を振る、あれと同じことが自分の身に起ころうとしているのかと思った瞬間、僕はたまらず叫び出し、男の腕を逃れようとその場で暴れまくった。

「いやだっ！　離せっ」

だが男の頑丈な腕は少しも動かず、足先をばたつかせるだけが精一杯だった。

『いやだろう？　それなら話せばいい。誰が贈賄事件を追っているのか』

『智彦！　なんでもいい！　喋るんだっ』

中本の笑い声が、叔父の悲痛な叫びが天井から響いてくる。

鮎川だ――中野で探偵業を営んでいる男だ。三上と飯塚のつながりは新宿東署の刑事課長も知っている――喋ってしまえばいいものを、なぜか僕は鮎川の名を出すことができないでいた。

こんな極限状況にいるのに、喋れば彼らが動き、証拠を消されてしまうかもしれないなどという思いが僕の口を塞がせていたのだが、証拠を消されるより前に自分が消されてしまうのではないかという恐怖に間もなく僕は見舞われることとなった。

『……強情だねえ』

くす、と中本が笑う声が響いたと思ったと同時に、傍らに座る男が僕の正面へと移動し、膝をついて座り込んだ。

『それじゃあ始めてもらおうか』

「……なっ……」

中本の声が合図だったのだろう。男が嵌めていた手袋を外すとポケットにしまい、同じポケットから何かチューブを取り出して中身を手に垂らした。透明なジェル状の液体に指を浸す様子を息を詰めて見つめていた僕は、男が濡《ぬ》れた指先を僕へと真っ直ぐに伸ばしてきたとき、恐怖から再び悲鳴を上げてしまっていた。

「いやだっ！　よせっ」

なんと男はその指を、僕のそこへと――もう一人の男に両脚を抱え上げられ、晒されていた僕の後ろへと捻《ね》じ込んできたのだ。誰にも触れられた経験などないところにいきなり指を突っ込まれ、あまりの違和感と気色の悪さに耐えられず、僕は悲鳴を上げ続けた。

「やめろっ！　いやだっ！」

『智彦っ』

叔父の声を聞いたような気がしたが、パニックに陥っていた僕はそれを確かめる術《すべ》を持たなかった。男の指はぐいぐいと中まで挿し入れられ、何かを探すように蠢いている。

「いやだっ！　離せよっ」

暴れたくても身動きすることもできない。声が嗄《か》れるくらいに叫んでいた僕だが、中を弄っていた男の指がある部分に触れたとき、びく、と身体を震わせてしまった。

「な……」

自分の身体の反応に戸惑った僕の意識は男の指へと向いていった。挿れられた指が先ほどと同じところを圧すると、また僕の身体はびくっと震え、ますます僕を戸惑わせる。

「前立腺だ」

僕の後ろを弄っていた男が初めて喋った。にや、と笑った顔にも、掠れたその声にも欲情が滲んでいるのがおぞましい。だがおぞましいのは男の指の動きに勃起しかけている自分自身だった。

ぞわぞわと下肢から這い上ってくる悪寒によく似た感覚——なんということだろう。僕は男の指で感じてしまっていたのだ。嫌だ、と勃ちかけた自身から顔を背けた僕の前で男は笑うと、もう片方の手で僕を握り軽く扱き上げてきた。

「……やめ……っ」

叫ぼうとした途端、別の声が漏れそうになり、僕は慌てて唇を嚙んで込み上げる声を抑え込んだ。ジェルに濡れた手が自身を扱き続けるとき、くちゅくちゅと濡れたような音が立つ、淫猥《いんわい》なその音にますます僕の雄は硬くなってきてしまう。

「……やっ……」

身体を捩った僕の両胸に、背後から手が伸びてきた。両脚を捕らえていた男の手だとわかったが、脚を閉じることができるのだという頭が働くより前に胸の突起を摘まみ上げられ、瞬間僕の頭は真っ白になった。

「やっ……あっ……あぁっ……」

高い声が室内に響き渡っている。前を、後ろを、そして胸を絶え間なく弄られ続ける僕は今、はっきりと欲情してしまっていた。さまざまな快感が一気に身体に押し寄せてくる。痛いほどに引っ張り上げられる胸の突起も、先端を攻め立てられる前への刺激も、そしていつしか二本に増えた指で弄られている後ろも、どこもかしこも熱くて、僕はもう何も考えられなくなってしまっていた。

「やだっ……あっ……あっ……」

響き渡る声が自分の発しているものだという自覚はあるが、止めることはできなかった。達してしまいそうになると男が根元をぎゅっと押さえて射精させまいとする。もどかしさが僕の身体をくねらせるのだが、そんな自分に気づいて恥じ入る隙を、男たちは与えてくれなかった。

「あっ……あぁっ……あっ……」

もう何も考えることができない。後ろを弄る男の指が三本に増えていたことを、彼が指を引き抜いたとき僕は初めて気づいた。

「やっ……」

ひくひくと後ろが去ってゆく指を追うように蠢くのがわかる。まるで男の指を惜しんでいるようなその動きに戸惑う僕の目の前で、男はポケットからピンク色の器具を取り出した。

「……っ」

男性の生殖器の形をしたそれは、バイブらしかった。本物を見るのは初めてだ、などという冷静な思いは当然抱《いだ》くことができなかった。馴染《なじ》みのないものへの恐怖が僕をつい動かし、尻で後ずさりをしてしまったのだが、再び後ろにいた男に両脚を抱えられ、脚を開かされた。

「……あっ……」

そのままバイブを後ろに捻じ込まれ、スイッチを入れられた僕の背筋を電流のような刺激が走った。震動しながらうねうねと僕の中で動きまくる機械がまた、僕の身体に新たな快感を呼び起こす。

「やっ……はぁっ……あっ……あっ……」

バイブを挿入した男が僕の下肢へと顔を埋《うず》め、勃ちきったそれを口に含んでしゃぶり始めた。背後の男の手も僕の胸へと戻り、すっかり紅く色づいたそれを再びこねくり回し始める。

『竹内君には素質があるようじゃないか。もう嫌がってないようだね』

遠くで中本の下卑た笑い声が聞こえた。

『やめてくださいっ！　もうっ……』

叔父の泣き声も聞こえる。

『彼は顔も可愛いからね。ここで働いてもらうのもいいな。さぞファンがつくことだろう。水揚げの希望者でも募ろうかな』

『馬鹿なことを言うのはやめてください』

快楽に飛びそうになる意識の合間合間に響いてくる声を聞くともなしに聞いていた僕だが、バシッという音と中本の怒声に、殆ど使い物にならなくなっていた聴覚が戻ってきた。

『馬鹿なのは君たちの方だろう？　汚い手で触らないでくれ』

「叔父……さんっ」

どうやら叔父は中本に摑みかかり、逆に殴り返されたようだった。一気に身体の芯が冷える思いがしたと同時に、胸を、下肢を弄る男たちの手が、口が耐えられないものに感じ、僕は解放されていた両脚をばたつかせ、彼らから逃れようと暴れ始めた。

「おっと」

僕を口に含んでいた男が顔を上げ、胸を弄っていた男がまた僕の両脚を抱えて僕の動きを制しようとする。

『智彦っ』

「叔父さんっ」

叔父がガラスに縋りながら僕に泣き腫《は》らした顔を向ける。僕も自分の姿を恥じ、殆ど泣きそうになりながら叔父に呼びかけたそのとき——。

『楽しそうな趣向じゃないか』

頭の上のスピーカーから降ってきた第三の声に、僕は一体誰が現れたのかとガラスの向こうに目を凝らした。

『そういえば彼は可愛い顔をしていたね』

室内に入ってきたのは一人ではなかった。聞き覚えのある第四の声の主とともに窓辺に現れた男の姿を見て、僕は思わず「あ」と声を上げそうになった。

聞き覚えのある第四の声の主は、僕のもと上司である三上取締役、そしてもう一人は、直接の面識はなかったが、テレビや新聞でよく写真を見かけるあの、飯塚代議士その人だったのだ。

首謀者が一堂に会した——世間に知られていないというこの場所が、彼らの相談の場だったのかもしれないと思った僕の思考はまた、ここで途切れることになった。男が再び僕の下肢に顔を埋め、巧みな舌技で先端を攻め立てながら、後ろに挿れられたバイブの抜き差しを始めたからだ。

「やっ……」

思わぬ刺激に、収まりかけた快楽の焔《ほむら》が一気に僕の身体に戻ってきてしまった。後ろの男も片脚を離して僕の胸を弄り始める。

「あっ……やっ……」

『随分と色っぽいな。経験者か？』

『いや、未経験でしょう。どうです、飯塚さん、試されてみますか？』

いかにも媚《こ》びた中本の声に、飯塚代議士が楽しそうな笑い声を上げた。

『いいね、久しぶりに処女を抱くか』

『それではこちらに』

二人の姿がガラスの向こうから消えたことを、なんとか認識した直後、僕のいる部屋のドアが開いて二人が入ってきた。同時に僕を咥《くわ》えていた男が立ち上がり、僕の背後の男がまた僕の両脚を抱えて開かせた。

「竹内君、飯塚代議士が君をたいそう気に入ったそうだよ」

中本がにやにや笑いながら、バイブの動きに身体を捩る僕をじっと見下ろしてくる。

「……やっぱり……あなたたちは……っ」

ウィンウィンとうねり続けるバイブの刺激に声が震えそうになったが、僕は室内に入ってきた彼らをキッと睨みつけた。

部屋に入ってきたのは二人ではなかった。中本と飯塚は僕の前まで歩み寄っていたが、もう一人の男がドアの前でまるで見張りをするように立っている。風体から飯塚のボディガードか何かのように見えたが、男を観察し続けることはすぐできなくなった。

「出してくれ」

飯塚代議士が僕の傍らに立っていた男に命じバイブを後ろから一気に引き抜かせたのだ。

「あっ……」

思わず高い声を漏らしてしまった僕を見て、飯塚と中本が笑い声をあげた。ひくひくと蠢く後ろの動きを止めたくても止め方がわからない。と、飯塚の手が伸びてきて、今までバイブを挿入されていたそこを両手で広げてきた。

「よせっ……」

「綺麗な色だねえ。ひくひくしてるよ。どれ」

言いながら飯塚が、ずぶ、と指を挿し入れてくる。

「やめろっ……」

嫌悪感から悲鳴を上げた僕の声になど耳を傾けず、飯塚は、ぐるぐると中で指をかき回すと、

「いいねえ。この締め付け具合がたまらないね」

そう言い、下卑た笑いを浮かべて僕を見た。

「あの聡《さとし》なんかよりもよっぽど売れっ子になるかもしれませんね」

中本が相変わらず媚びた笑いを浮かべて、飯塚代議士の横から僕を見下ろしてくる。

「確かにきれいな色ですな」

「君も触ってみたらどうだ」

飯塚がほら、というように僕の後ろを指で広げてみせる。人を人とも思わない彼らの振舞いに耐えられず、僕は思わず、

「よせっ」

と怒鳴ったが、中本も僕の声など聞いちゃいなかった。

「そうですか？」

僕の前に跪《ひざまず》き、飯塚が広げたそこへと指を挿し入れてくる。

「本当に、この締め付け感がたまりませんな」

はは、と笑い声を上げる中本を、

「そうだろう？」

にやりと相好《そうごう》を崩す飯塚を、「いい加減にしろっ」と怒鳴りつけようとしたそのとき――。

「そろそろおやめになった方がよろしいかと」

不意に頭の上から降ってきた声に驚き顔を上げた僕の前で、

「なんだ、お前」

僕同様驚いたらしい飯塚代議士が僕の背後を睨みつけた。

「彼は？」

中本も戸惑ったように男の姿を見つめている。

「ボディガードだ。今までの男が事故に遭ってね。信頼できる筋から紹介してもらった男だが……お前、一体どういうつもりだ？」

中本に説明したあと、飯塚が立ち上がり、その『ボディガード』を睨みつけた。

背の高い男だった。肩も胸板もまるで格闘家のように盛り上がっていて、まさに筋肉の塊、というような男だ。

「悪ふざけもすぎると怪我をする、と申し上げたいのですよ」

クライアントに睨まれたというのに、このボディガードは涼しい顔でそう答え、にっこりと彼らに——そして僕に笑いかけてきた。

「……なんだと？」

飯塚の顔色が変わる。

「一体何様のつもりだ。お前、自分の立場というものがわかってるのか」

横から中本が怒声を上げるのに、

「わかっています。だが人道的には見ていられませんでね」

答えるこのボディガードの声に、僕は聞き覚えがあるような気がして仕方がなかった。

どこで聞いたんだったか——姿を見ても顔を見ても、少しも見覚えのない男であるのに、妙に懐かしい感じがするのはなぜなのか――。

そんな僕の思考も、

「貴様っ」

という飯塚の怒声に途切れた。

「ここを出ていけっ！　三枝《さえぐさ》先生にはすぐ報告する。お前はクビだっ」

「さすがに人の道に反したことをなさっている自覚はおありのようだ。痛いところを突かれた、というわけですかな」

激昂《げっこう》する飯塚に対してもボディガードは冷静だった。丁寧な口調ではあったが、馬鹿にしていることがあからさまにわかるその態度に、飯塚はますます激昂し、男を怒鳴りつけた。

「ふざけるなっ！　出ていけと言ってるだろう！　さあ！」

「出ていくのは皆、同じタイミングになりそうですよ」

男が意味のわからないことを言い、にやりと笑ってみせる。

「なんだと？」

「いい加減にしろ、お前っ」

飯塚と中本が怒声を上げたそのとき、天井のスピーカーから、

『なんだね、君たちはっ』

慌てた三上の声が響いてきて、室内にいた全員がガラス越しの壁の向こうを驚いて見やっ

た。

『新宿東署の松本だ。誘拐と拉致《らち》の現行犯で逮捕するっ』

「松本さんっ」

どうして——？

突然現れた松本の存在に驚きの声を上げた僕を見て、松本はぎょっとした顔になった。裸で両脚を抱えられているのだから無理のないことかもしれない。と、僕の脚を捕らえていた男の手が退いた。

「え？」

振り返るとあのボディガードが僕を押さえつけていた男をちょうど殴り倒しているところだった。

「大丈夫か」

「くそ、何が警察だ」

僕に駆け寄ってくるボディガードを押しのけるようにして、飯塚と中本が部屋を出ようとする。

「逮捕すると言ってるだろう」

ドアの向こうは十人をくだらない警官が待っていて、逃げようとする彼らを押さえつけた。

「大丈夫か」

その様子を呆然と眺めていた僕の肩に、ばさ、と上着がかけられた。傍らに膝をついたボディガードが、自分のスーツの上着をかけてくれたようだ。

「すみません……」

「本当にもう、どれだけ心配したか……」

ボディガードの目が潤んでいる。なぜ彼が僕を心配するのだろうと思いつつ、

「あの……？」

と問いかけた僕は、続く彼の言葉に驚き、思わず大きな声を上げてしまったのだった。

「無事でよかった……トモ……」

「なにー？？」

僕のことを『トモ』と呼ぶのは世界で一人だけ――まさか、と思っている僕の前でボディガードはいきなりめりめりと頬のあたりから皮を剝《は》ぎ始めた。

「な……な……な……」

ぺろんとしたマスク――ゴムのようなシリコンのような素材の下から現れてきたその顔はなんと――見惚れるほどの美貌を誇る、鮎川の心配そうな顔だった。

9

「なんで？　何が一体どうなってるんだ？？」

警察官たちが、中本や三上、それに飯塚と、僕を押さえつけていた男たちを引き立てていったあと、いっせいに建物内の捜査が始まったらしかった。

叔父が捕らえられていた部屋で僕と変装を解いた鮎川、それに叔父と陣頭指揮を執っていた松本刑事は四人で膝を突き合わせることになったのだが、服を着た途端僕は、今現在何が起こっているのか、その説明を求め、鮎川と松本に食ってかかった。

「すべてはトモのおかげだよ」

「え？」

鮎川が微笑みながら僕を見る横で、無線で連絡を取っていた松本が僕に笑いかけてきた。

「そう。ボーズが中本をつついてくれた上にここに案内してくれたからな、それでこの逮捕劇となったわけだ」

「……ということは……」

僕が中本にアクションを起こしたことを知っていたのは、僕に尾行がついていたということ

とだろうか。それを確かめようと問い返すと、

「尾行がついていたのは中本の方だぜ」

松本が憮然とした顔で答えてくれた。

「ああ、そうか」

「それで二人のあとをつけ、この店に辿り着いたんだが、まったくもって酷えとこだな」

松本が呆れたように周囲を見回す。

「……そうですね……」

「あの少年はまだ十五歳だったそうだよ。酷い話だよね」

鮎川も痛ましそうに眉を顰めて相槌を打つのに頷き返した僕だが、相変わらずわけがわからない状態であることに変わりはないと気づき、

「それで？」

と説明の続きを鮎川に促した。

「ああ……」

鮎川は微笑むと、再び僕と松本、それに叔父を順番に見ながら話を始めた。

「トモが中本をつついたらしいとわかったのは、三上と飯塚がほぼ同時に動いたからだった。三人とも慌てたんだろうな。普段よりよっぽど周到に動かないといけないときだというのに、あっさりこのビルに集結してきたのには僕も驚いたよ。中に君の叔父さんが拉致されている

ことが確認できたので松本に合図を出し、踏み込んだ。それでこの逮捕劇になったというわけさ」

「……はあ……」

わかったようでわからない。だいたい鮎川はどうやって飯塚代議士のボディガードとして潜り込んだのだろうと首を傾げていた僕の前で、鮎川は不意に真剣な顔になり、

「本当にすまなかった」

と深く頭を下げてきた。

「え？」

「……最初僕はトモの言うとおり、君を利用しようとしていた。君から贈賄側の金城建設の内部事情を聞き出せないかと思い、それで君に近づいたんだ」

「………」

贈賄、という言葉が鮎川の口から発せられたとき、叔父がびくっと身体を震わせたのがわかった。まさか、と叔父の顔を覗き込もうとした僕に鮎川はまた、

「すまなかった」

と頭を下げたあと、再び口を開いた。

「だが君と話をしてみて、叔父さんの行方をどうしても捜したいという君の言葉に僕は本当に心打たれたんだ。叔父さんがそんな悪いことをするわけがない、無実に決まっている、だ

から行方を捜してほしいという君のために僕は、君の叔父さんを捜したいと確かに思った。だが突然、姫井の訃報《ふほう》が飛び込んできたものだから、そちらに気持ちがいってしまった……絶対に姫井は自殺などしていない、殺されたんだと思うと矢も盾もたまらなくなって、その真相を摑もうと突進していってしまった」

抑えた声で語ってはいたが、鮎川の口調は熱かった。親友が非業の死を遂げたのだ。無理もないだろうと、今、僕は素直にそう思うことができ、鮎川の前で静かに首を横に振った。

「いいです……もう」

「トモが僕に『騙された』と思うのも無理のない話だと思う……でも信じてほしい。本当に僕は君のために叔父さんを捜してあげたいと思っていたんだ。君がどれだけ叔父さんのことを大切に思っているか、叔父さんを信じているかがわかっただけに、僕は……」

鮎川が切々と僕に訴えてくる言葉を「わかってます」と遮ろうとした僕より前に、

「すまなかった」

椅子から転がり落ちるようにして蹲った叔父の大声が遮り、僕を、そして鮎川や松本を驚かせた。

「お、叔父さん?」

どうしたんだと僕も慌てて立ち上がり、叔父の傍らに膝をついて彼の身体を起こそうとした。

「すまん、智彦、俺は……俺は……お前の信頼を……」

あとは言葉にならなかった。うう、という嗚咽《おえつ》の声が伏せた叔父の顔から響いてくる。ぶるぶると震える肩に手を回して揺すりながら、僕は叔父に、

「どうしたの？　叔父さん？」

と必死で話しかけたが、叔父は首を横に振るばかりでただただ嗚咽に肩を震わせていた。

「叔父さん？」

「トモ、こちらへ」

尚も叔父の顔を覗き込もうとした僕の肩を鮎川が叩いた。

「え？」

「……そんなに純真な目を向けられては、ますます叔父さんは顔を上げられなくなってしまうよ」

「……え？」

鮎川が困ったように笑い、無理やり僕の手を叔父の肩から剝いだとき、叔父の嗚咽の声は一段と高くなった。

「……どういうことなんです」

促されてもとの席についた僕は、叔父を起こし椅子へと座らせた松本と、僕の傍らに立つ鮎川を代わる代わるに見やり尋ねたのだが、彼らの答えには半ば予測がついていた。

なので松本が叔父に向かい、

「……贈賄に関与していたんだな？」

と尋ねたときも思ったほど驚かなかったし、その問いに叔父が泣きながら、

「はい……」

と頷いたときにも、やはり、と思うだけですんだ。

「本当に……申し訳ありませんでした」

叔父が松本に向かい両手を差し出しながら、うう、と再び泣き崩れる。

「今時手錠なんかかけねえんだって」

ほら、と松本が叔父の肩を叩くと、ポケットから真っ白なハンカチを取り出して泣きじゃくる叔父に手渡した。

「……智彦も……本当にすまなかった……」

「……うん……」

随分と落ち着いてきたらしい叔父が、涙を拭《ぬぐ》いながら僕に向かって頭を下げてきたのに、僕はなんと答えたらいいかわからず、ただ首を横に振った。

「贈賄の話を持ちかけてきたのは三上か？」

叔父が落ち着いたのを見越して松本が静かに問いかける。

「はい……寄付金として計上した金を裏金にし、飯塚代議士の秘書に渡すようにと指示があ

りました」

「悪いことをしているという自覚はあったんだな」

「……ええ……上司命令ではありましたが、贈賄は罪だとわかっていました」

叔父が力なく俯き、松本に頭を下げる。

「拒絶しようとか、社長に直訴しようとかは思わなかったのか」

「……思いましたが、三上から手間賃だと一千万渡されたのに、つい手を伸ばしてしまい……それからあとはもう、彼らの言いなりでした」

「……え……」

一千万――叔父は贈賄の罪を手助けしただけでなく、自らも懐に金を入れていた、という事実を前に、僕は思わず小さく声を上げてしまっていた。僕の微《かす》かな声は叔父の耳に届いたようで、びく、と肩を震わせ、おずおずと顔を上げて僕を見た。

「智彦……すまない……」

深く項垂れた叔父の肩を、ぽん、と松本が叩く。

「……まあ、一千万は大金だからな。結局総額いくら貰った？」

「一回につき一千万……合計五千万の現金を貰いました……」

「…………」

五千万――それだけの金を目の前に積まれたら、僕でもふらふらと誘惑に乗ってしまうかもしれない。そうは思ったが、叔父だけは、謹厳実直《きんげんじっちょく》を絵に描いたようなこの叔父だけは絶対に悪事に手を染めないだろうと思っていただけに、正直僕はショックだった。

「申し訳ありませんでした」

だが松本の前で項垂れている叔父に向かい、『ショックだ』と言うことはできなかった。叔父もきっと悩んだに違いない。苦しんだに違いないと思うと、金を受け取ったことや、贈賄に手を貸したことを責める気にもなれなかった。

「トモ……」

鮎川が僕の肩を叩き、何か声をかけてやれというように顔を覗き込んでくる。

「……叔父さん……」

促されたからというわけではないが、そう呼びかけると、叔父はまたおずおずと顔を上げ、小さな声で僕の名を呼んだ。

「智彦……」

「…………」

仕方なかったんだよね、とか、罪を償ってきてね、とか、なんでも言いようはあったろうに、涙に濡れた叔父の顔を見てしまうと何も言えなくなってしまった。

「本当にすまない……」

僕が無言でいることを、自分への抗議だと思ったらしい。叔父はまた僕の前で深く頭を下げてきた。

「違うよ……僕になんか謝らなくてもいいよ」

　叔父の細い肩が震えている。僕の知っている叔父より一回りも二回りも小さくなってしまったように見える彼に向かい、僕は思わずそう叫んでしまっていた。

「智彦……」

「謝らなくていい、叔父さんは叔父さんだもの。何をしたって、たとえ罪を犯したとしても、叔父さんは僕の叔父さんだもの」

　言っているうちに自分でも何がなんだかわからなくなってきてしまった。叔父はそんな僕を呆然と見つめている。隣に佇《たたず》む松本も、僕の傍らに立つ鮎川も何も言わず、じっと僕を見つめているのがまたいたたまれなくて、僕はわけがわからないながらも叫び続けてしまっていた。

「後悔してるんでしょ？　そしたら罪を償えばいい。僕は信じて待ってるから。叔父さんが罪償って戻ってくるって、信じて待ってるから。だから謝ることなんかない……叔父さんは僕にとって、今も昔も変わらない叔父さんなんだから……」

「智彦……」

　僕を見つめる叔父の目から、ぼたぼたと涙が零れ落ちている。叫んでいる僕の目からも、滝のように涙が溢れてきてしまっていた。

「待ってるから……僕は叔父さんを……」

「智彦……本当にすまないっ」

叔父が僕に駆け寄り、膝にすがりついてくる。

「叔父さん……っ」

僕の膝に顔を埋め号泣する叔父の背を僕は抱き締め、その背に顔を埋めやはり号泣してしまっていた。

「トモ……」

そんな僕の背中を、鮎川が優しい手で撫でてくれる。温かな感触にまた僕の胸には熱い想いが込み上げてきてしまい、僕はそうして随分長い間、叔父を抱き締め泣き続けてしまったのだった。


僕たちが落ち着いた頃、この建物内の捜査も終わり、松本は叔父を連れて新宿東署に戻ることになった。

「ボーズ、またな」

松本は本当に叔父に手錠を嵌めないでくれた。泣き腫らした僕の目を見て、なんともいえない顔で肩を竦めたあと、片手を挙げて叔父の前に立ち部屋を出ていこうとした。

「智彦……」

「面会に行くから……」

叔父がまた申し訳なさそうな顔をし、僕に頭を下げようとするのに、無理して作った笑顔を向けると、

「ああ」

叔父も無理に作った笑顔で応えてくれ、松本のあとに続いて部屋を出た。

「僕たちも帰ろう」

じっと彼らの出ていったドアを見つめていた鮎川が、ぽん、と僕の肩を叩く。

「……帰る……」

呟いた僕の肩をまた鮎川はぽん、と叩き、そのまま彼の胸に僕の身体を抱き寄せてきた。

「帰ろう。うちに」

「…………」

ね、と微笑みかけてくる鮎川の煌く瞳に僕の意識は吸い込まれそうになる。

「それとも二度とウチには近寄りたくないかな？」

何も言わない僕を見つめる鮎川の眉が、心配そうに顰められた。

「……いえ……」

「それじゃ、行こう」

僕が首を横に振ると、鮎川はあからさまに安心したような顔になり、僕の肩を抱いたまま外に向かって歩き始めた。

建物の外にはまだたくさんのパトカーがいた。その間を縫うようにして鮎川は僕を一台の車の前へと連れていくと、助手席のドアを開いた。

「…………」

燦然《さんぜん》と輝く三ツ星マークはどう見てもドイツの高級車だった。小ぶりの、スポーツカータイプの車だから一千万ほどだろうが、それにしてもすごい、と鮎川を見ると、

「母親の車でね」

鮎川は困ったように笑ったあと、自分も運転席に乗り込み車を発進させた。

「……ご両親、健在なんですか」

暫く走ったあと、車内の沈黙に耐えられず僕は鮎川に問いかけた。

「ああ……」

鮎川は頷いたあと、僕の顔が曇ったのに気づいたのだろう。

「両親も兄二人も健在ではあるんだけれど、ほぼ絶縁してしまってるんだよ」

「え……」

『信頼できる家族はいない』と言ったのも嘘だったのかと思っていた僕は、『絶縁』という

言葉の強烈さに思わず小さく声を上げてしまった。そんな僕をちらと見たあと、鮎川はハンドルを握りながら、ぽつぽつと言葉を探すようにして話し始めた。

「僕の父親はなんというか……口さがない人には『政財界のドン』とか、『天皇』とか言われる男でね……三枝幸治郎《こうじろう》というんだが、知ってるかな?」

「ええそれは……」

さすがに世情に疎い僕でも知っているその名に驚き、僕はまじまじと鮎川の顔を見つめてしまった。現役を引退したとはいえ、三枝幸治郎の顔写真が新聞を、業界紙を飾らぬ月はないといわれているほどの著名人である。鮎川がその息子だったとは、と驚いた僕だが、それにしても年齢的に無理がないかと思わず眉を顰めた。三枝幸治郎はゆうに八十は超していて、九十歳近いのではないかと思う。鮎川は自分で三十路《みそじ》過ぎと言っていた。一体いくつのときの子なんだ、という僕の疑問を見越したように、鮎川が言葉を続けた。

「僕は妾腹でね。父が五十過ぎてからはまった銀座のホステスの子供だ。父は鷹揚《おうよう》な男で、母が子供ができたというと疑いもせず僕を母ごと屋敷に迎え入れたのさ。正妻の子と分け隔てなく育てられはしたが、僕と母親の存在がどれだけ正妻を苦しめていたかはわからなかったらしい。二人の兄より僕の方が見所があるなどと言いだしたものだから、正妻はノイローゼになってしまった。兄たちもそりゃピリピリしてね。父が怖かったので僕を苛めることこそしなかったが、いつも恨みがましい目で睨まれていた。飛び出そうにも生活能力はないし、仕方なく高校を卒業するまで世話になったが、大学入学とともに家を出て父や母、それに兄たちとは一切縁を切ることにしたんだ。名字も母の旧姓を名乗ってね」

「……そうだったんですか……」

初めて聞く鮎川の生《お》い立ちに僕は言葉を失い、そんなありきたりの相槌しか打てないでいた。

「縁を切ったつもりでいても、世間はそう受け取ってはくれない。どこへ行っても僕には父の名が付きまとったよ。またこの父が何が気に入ったのか、僕を跡継ぎにしたいと頑張っててね、何かをやろうとするとまるで恩でも着せるかのように次々僕に提供してくれる。役者をやろうとすると、どこからともなく著名な演出家から大舞台の出演依頼がくる。車のディーラーにでも勤めようものなら、見たこともないような大型受注の話が舞い込んでくる。こうなりゃ自由業しかないともともと興味を持っていた探偵を始めることにしたら、次々とセレブと呼ばれる人たちから依頼が飛び込んできてね、仕方なく父に直談判《じかだんぱん》しにいった。自分の力ですべてをやりたいと。手を出してくれるなとね」

「……はあ……」

『はあ』以外に相槌の打ちようがない話だった。三枝幸治郎の写真はどれも『ドン』とか『天皇』とか言われるだけのことはある、双眸《そうぼう》に厳しい光を湛えているようなものばっかりだが、その彼が言っちゃなんだが随分と子供っぽい行為をするものだ、と僕はなんだか驚いてしまっていた。

「父はしぶしぶ了解してくれ、僕は中野に事務所を構え直した。あそこはもともとキャロルのアトリエでね、彼が恋人と住んでいたんだが、もっといい所に事務所を構えるというので格安で譲ってもらったんだ。まああとからキャロルを問い詰めたら、彼に『もっといい事務所』を提供したのが父だとわかって少し揉《も》めたんだけれどね」

「……そうだったんですか」

「所詮《しょせん》父の掌の上からは逃れられないということだ。結局今回も力を借りることになってしまったし」

「え？」

鮎川が肩を竦めたちょうどそのとき、車は駐車場に到着した。

「続きは部屋で話そう」

鮎川はそう言うと車から降り、僕たちは二人肩を並べて徒歩にして一分もかからない彼のおんぼろ事務所へと向かった。

「何か飲むかい？　コーヒーかな、コーラかな」

鮎川はわざとのように明るい声を出し、来客用のソファに座らせた僕にそう尋ねてきた。

「……コーヒーを」

「了解」

コーヒーメーカーを操作している間に、室内に美味しそうなコーヒーの香りが漂ってくる。その香りに、無事に帰ってこられたのだ、という感慨が胸に込み上げてきて、思わず僕ははあ、と大きく溜め息をついてしまっていた。

「トモ？」

「あ、すみません……」

コーヒーカップを両手に持った鮎川が僕の隣に腰を下ろし、心配そうに顔を覗き込んでくる。差し出されたカップを受け取り、一口飲んだ僕は、はあ、とまた小さく溜め息をついたが、それはそのコーヒーがあまりに美味《びみ》だったからだった。

「美味しい？」

「ええ」

「よかった」

鮎川が目を細めて微笑む。湯気の向こうで煌く彼の瞳に、どき、と僕の胸は自分でもどうしたのだろうというくらいに高鳴ってしまい、慌てて僕はコーヒーに口をつけたのだが、熱さのあまり、

「あちっ」

と悲鳴を上げてしまった。弾みでコーヒーが服に零れる。

「大丈夫かい？」

鮎川が驚いてコーヒーをテーブルに下ろすと、僕の手からカップを受け取ろうとした。

「大丈夫です」

彼の手が僕の手に触れる。鮎川は僕から受け取ったカップをテーブルに戻したあと、再び僕の手を握ってきた。

「あの……」

気づけば彼のもう片方の手は僕の肩に回っている。

「……君が無事で……本当によかった」

鮎川が僕に近く顔を寄せ、掠れたような声で囁いた。

「……鮎川さん……」

「単身、中本にぶつかっていった挙げ句に、彼らの隠れ家に連れて行かれたと知ったときにはもう、どうしようかと思った……心配で胸が張り裂けそうだった」

「……なぜ……」

鮎川がぎゅっと僕の手を握り締める。彼の囁く声とともに唇から漏れる息が僕の頬にかかるたびに、僕の胸の鼓動はドクドクと早鐘のように打ち始めて僕を戸惑わせていた。

「『なぜ』？」

鮎川が綺麗な瞳を見開き、じっと僕を見つめてくる。

『なぜ』――は自分に対する問いかけだった。なぜ僕の胸はこんなにも高鳴っているのか、なぜ鮎川の唇に目が引き寄せられてしまうのか、なぜ鮎川の力強い腕の感触に泣きだしたいような気持ちが胸に込み上げてくるのか――わかるようでわからないそんな僕の『なぜ』に鮎川が答えを与えてくれた。

「君が好きだから」

「……え……」

鮎川の僕の肩を抱く手に力が込められた、と思ったときには僕は唇を鮎川に塞がれてしまっていた。

「……っ」

開いた唇の中から侵入した舌が僕の舌をとらえ、きつく吸い上げてくる。

キスされている――かつてこの事務所のソファで鮎川に唇を塞がれたときのことがデジャビュとなって僕の頭に蘇り、そのときと同じく反射的に彼の身体を押しのけようともがくと、鮎川はあまりにあっさり僕から唇を離し、じっと顔を見下ろしてきた。

「あ……」

温《ぬく》もりを失った唇に当たる外気の冷たさに、僕の胸には『寂しい』としか言えない思いが込み上げてくる。

「……好きなんだ。トモ……キスしてもいいかな？」

鮎川の囁きに、僕はじっと彼を見返し——答えるより前に瞳を閉じていた。

「トモ……」

嬉しそうな鮎川の声がしたと同時に、再び唇が塞がれる。

『好き』——鮎川にそう囁かれたとき、僕の胸に芽生えたのは驚愕でも、そして勿論嫌悪でもなく、ただただ——嬉しい、という気持ちだった。

いつの間にか僕も彼を好きになってしまっていたのだろうか——歯列をなぞっていた彼の舌が僕の舌を搦めとり、再びきつく吸い上げてきたのに、びく、と身体を震わせてしまいながら、僕はぼんやりとそんなことを考えていた。

好きだからこそ、彼に裏切られたと思ったときにあんなにもショックを受けてしまったのだろう。好きだからこそ、彼の力強い腕に抱かれることも、唇を塞がれることも少しも嫌だと感じなかったのだろう。鮎川の唇が僕の唇をはずれ、首筋からゆっくりと胸へと下りてゆく。

「……あ……」

いつの間にか外されていたシャツのボタンの間から入り込んでいた彼の手に胸の突起を擦られたとき、僕は今更のように自分の身体が汚れていることに気づき、鮎川の胸を押し上げた。

「どうしたの？」

鮎川が顔を上げ、潤んだ瞳でじっと僕を見下ろしてくる。

「……汚い……」

「え？」

あの淫靡なクラブで二人の男に弄られた身体を、鮎川の手や唇に触れさせるのは申し訳ないと僕はそう言いたかったのだが、うまく言葉にできなかった。鮎川は最初わけがわからないという顔をしていたが、やがて僕の言いたいことを察したのだろう。

「ああ」

と痛ましげな顔をして頷くと、そっと唇を寄せ僕の唇に触れるようなキスをした。

「……トモが汚いわけじゃない……だが、気になるのなら洗ってあげる」

そう言ったかと思うと鮎川は立ち上がり、僕の身体を抱き上げた。

「わ」

「すみからすみまで。君の気がすむまで洗ってあげるよ」

ね、と鮎川は思わぬ高さが呼んだ恐怖で彼の首にしがみついてしまった僕の身体を抱き直し、その足で浴室へと向かったのだった。

「どう？　湯加減は大丈夫？」

「……はい……」

鮎川の部屋の風呂は、多分前に住んでいたキャロルの趣味なのだろう、西洋風の浅い大きなバスタブだった。湯を張っている間に鮎川はぽんぽんと服を脱ぎ捨て全裸になっていったのだが、均整の取れた見事な裸体に僕の目は釘付けになってしまっていた。

着やせするタイプなのか、厚い胸板と、高い腰がまるで外国人のようだった。

「トモも脱ぐといい。そろそろ湯がたまるから」

にこ、と端整な顔に微笑まれ、僕は自分がじろじろとあまりに無遠慮に彼の裸体を見つめていたことに気づき、一人顔を赤らめた。

とてもこんな見事な身体の前で裸になる気にはなれなかったが、鮎川に促されて僕も服を脱いだ。

「綺麗だね」

僕の裸を前に鮎川が眩《まぶ》しそうな顔をして笑う。お世辞に違いない言葉に顔を赤らめるのも変かと思ったが、「そんなことないです」と俯いた僕の頭には血が上ってしまっていた。

「おいで」

鮎川に手を引かれ、ほどよく湯のたまったバスタブに二人して入る。背中から抱かれるような体勢になったとき、鮎川が湯加減を尋ねてきたのだった。

「ぬるいかな?」

「いえ、ちょうどいいです……」

後ろから彼に抱き締められているこの体勢が、さっきから僕を酷く落ち着かない気持ちにさせていた。というのも腰のあたりに鮎川の雄を感じるのだけれど、それが既に熱く、硬くなりつつあるからだ。僕の雄も早くも熱を持ち始めていたが、それを気づかれるのが恥ずかしくて、僕はそっと手を動かし、前を隠そうとした。

「どうしたの?」

鮎川が耳元で囁きながら、僕の胸に両手を這わせてくる。

「……あっ……」

胸の突起を擦り上げられ、びく、と身体が震えた途端、僕の雄もびく、と震え、僕は慌てて前を手で隠すと、

「なんでも……」

と首を横に振った。

「そう……」

くす、と耳元で鮎川が笑ったと同時に、早くも勃ち上がっている胸の突起を摘まれた。

「やっ……」

電撃のような刺激が脳髄を直撃し、また僕は声を漏らしてしまったのだが、浴室内に反響していくその声は、自分のものとは思えないくらいに甘やかだった。

「トモは胸を弄られるのに弱いよね」

くすくす笑いながら鮎川が僕の胸の突起を引っ張り上げる。

「っ……意地悪……っ……言わない……でっ……」

ください、と言いたいのに、言葉を続けることはできなかった。鮎川の片手が胸から腹を滑り下り、前を隠す僕の手を握ってきたからだ。

「あの……っ」

「恥ずかしがり屋さんだな」

鮎川はそう囁くと、強引に僕の手をどけさせ、硬くなり始めていた僕を握った。

「やっ……あっ……」

胸を弄られながらゆるゆるとそれを扱き上げられる僕の頭には血が上り、殆ど逆上《のぼ》せてしまいそうになっていた。

胸に、下肢に与えられる刺激に、たまらない気持ちが込み上げてくる。全身の血液が滾《たぎ》るようなこの感覚はまさに『快感』としか呼べないもので、僕は自分を捉《とら》えるその快感の波に攫われそうになるのを伸ばした両手でバスタブの縁を摑み、必死で踏みとどまろうとしてい

た。

　なんというか――快楽に身を投げ出してしまうのは怖かった。自分の身体がどうなってしまうのかわからない。あんな顔も知らない男たちに弄られただけで喘《あえ》ぎ続けた僕の身体は、もしかしたら人より随分淫《みだ》らなのかもしれないと思うと、そんな様子を鮎川の前に晒すのがどうにも躊躇われ、それで僕は必死で乱れまいとしていたのだった。

「やだ……っ……もうっ……あっ……」

　押し寄せてくる快楽の波を逃れようと首を横に振る僕の顔を、鮎川が後ろから心配そうに覗き込んできた。

「どうしたの？　トモ……いや……じゃないよね？」

「やっ……」

　鮎川の手が止まると、行き場のない欲情が僕の腰を捩らせ、尚更にたまらない気持ちになった。

「トモ、どうしたの？」

　鮎川が僕をやんわりと握りながら、静かに耳元で囁いてくる。

「……恥ずかし……い……っ……あっ……」

「恥ずかしいの？　なぜ？」

　鮎川の手が胸にも戻り、そっと胸の突起を摘まみ上げる。

「やっ……」

「トモは綺麗だよ。恥ずかしいことなんか何もない……」

ね、と言いながら鮎川が再び愛撫《あいぶ》を始めようとするのに、これ以上続けられたら我慢できないと僕はたまらず叫んでいた。

「……こんなに……っ……喘いで……あっ……乱れて……っ……あぁっ……淫乱じゃないかって……」

「淫乱？」

鮎川が驚いた声を出し、がばっとバスタブの中で身体を起こすと僕の両肩を摑んで向きを変えさせ、顔を覗き込んできた。

「誰が淫乱なんて言ったの？」

「誰も……ただ……」

湯の中でゆらゆらと、僕の勃ちきった性器が揺れて見える。やっぱり僕の身体は淫乱だとなんだか泣きたいような気持ちになりながら、僕は言葉を続けた。

「……あのときも……知らない男たちに触られたのに勃つし、バイブで気持ちよくなるし……僕は人より淫乱なんじゃないかと……」

「馬鹿だなあ」

あはは、と鮎川が高らかに笑う声が浴室内に響き渡った。

「……え？」

まさかこれほどまでに笑われるとは思ってなかった僕は、ぽかんと大笑いする鮎川を見やってしまったのだが、そんな僕の身体を鮎川はぎゅっと抱き締めてきた。

「あの……」

「淫乱なんかじゃない。感じやすいかもしれないけど、そんな、心配するようなことは何もないよ」

「……え……」

あまりに近いところにある鮎川の優しい光溢れる瞳に、僕の目は吸い寄せられてゆく。

「あの男たちは『調教のプロ』と言われてたんだろう？　トモが乱れても仕方ないよ。それに言っちゃなんだが、僕もテクニックには自信があるからね。僕のフィンガーテクに屈しないでいられるのは、余程の鉄の精神の持ち主か、不感症だ」

「……ボス……」

思わず名を呼んだ僕に、鮎川は目を細めて微笑んだ。瞳の星が消えてゆく。

「それにこんなに可愛い淫乱なら、大歓迎だよ」

「……あっ……」

ね、と笑った鮎川が僕の身体を持ち上げ、胸に顔を埋めてくる。膝でバスタブ内に立っているような体勢になった僕の背に回された彼の手が、腰へゆっくり滑ってくる。

「……後ろもあげよう」

僕の胸から顔を上げ、鮎川が笑ったと同時に、ずぶ、と彼の指先がそこへと挿入された。

「あっ……」

ぐるり、と中を抉《えぐ》るように動くその指に、へたりこみそうになった僕の胸の突起に、鮎川が軽く歯を立ててくる。

「やっ……あっ……あっ……」

ぐるぐると中を弄る指の動きとともに、バスタブの湯が入ってくる。気持ちが悪いんだかいいんだかわからない感覚に崩れ落ちそうになる身体を、鮎川の手が支えていた。

「あっ……はぁっ……あっ……あっ……」

『前立腺だ』と教えられた部分を鮎川が執拗《しつよう》に指先で攻めてくる。いつしか中に挿れられた指は二本から三本に増えていた。

「やぁっ……んっ……あっ……あっ……あぁっ……」

腰を捩り、声を上げているのは僕であって僕でないようだった。すっかり逆上せてしまったようで、頭がくらくらしてきていた。鮎川に噛《か》まれた胸がじんじんと疼《うず》くのに新たな刺激が欲しくて、僕は彼の頭を自分の胸へと引き寄せてしまった。

「……トモ……」

鮎川が顔を上げ、僕を見上げて微笑んでくる。

「……あっ……」

「ベッドに行こうか」

言いながら彼が僕の後ろをぐい、と抉る。

「やぁっ……ん……」

大きく背を仰《の》け反《ぞ》らせながらも僕は彼に向かい、こくこくと首を縦に振っていた。


バスタブから抱き上げられ、バスタオルにくるまれた僕をベッドに下ろした鮎川は、はぁはあと息を乱す僕にそっと覆いかぶさってきた。

「大丈夫……？」

「……大丈夫……っ」

さんざん弄られた後ろが変な熱を持ち、意識していないと僕は腰をくねらせてしまいそうになっていた。あまりに物欲しげな仕草に見えるだろうと必死で我慢していた僕の脚に、鮎川の手が伸びてくる。

「……トモ……」

名を呼びながら鮎川が僕の両脚を抱え上げ、大きく脚を開かせた。

「あっ……」

ひくひくと蠢く後ろが、煌々《こうこう》とつく灯《あか》りの下で晒される恥ずかしさに、僕はたまらず彼から顔を背けた。

「……トモ……」

鮎川が僕の名を呼びながら、ずぶ、と先端をそこへ挿入させてくる。

「……あっ……」

初めての質感に僕の身体は一瞬のうちに強張《こわば》ってしまった。

「トモ？」

鮎川が戸惑った声を上げたのに、僕もおずおずと視線を彼へと向ける。

「……力、抜いて」

「……はい……」

僕もそうしたいのに、身体はなかなか言うことを聞いてはくれなかった。

「……大丈夫？」

鮎川が僕の両脚を離し、ゆっくりと身体を落としてくる。

「……ごめんなさ……」

「大丈夫。ほら、力を抜いてごらん」

鮎川の唇が僕の額に、頬に、瞼《まぶた》に、数え切れないくらいに落とされる。次第に強張っていた身体から力が抜けてゆくのを感じたんだろう、鮎川はにこ、と微笑んだあと再び身体を起こし、僕の両脚を抱え上げた。

「あっ……」

ずぶずぶと今度は面白いように鮎川の雄は僕の中へと呑み込まれていった。後ろにとてつもない違和感があったが、苦痛は少しもなかった。

「大丈夫？」

鮎川が今日何度僕にくれたかわからない言葉をまた投げかけてくる。

「……はい……」

大きく頷いた僕に、鮎川はくすりと笑うと、掠れたような声で囁いてきた。

「動いてもいいかな」

「…………」

いいも悪いも答えようがなかった。動くと自分の身体はどうなるのだろうと思いながらも頷くと、鮎川は僕の脚を抱え直し、ゆっくりと抜き差しを始めた。

「……あっ……はぁっ……」

熱い——内壁が捲《めく》り上がり、また中に巻き込まれるような感覚が、僕の後ろに体験したことのない熱さを感じさせていた。次第に鮎川の腰の動きが速くなる。ズンズンと規則正しく奥を抉る鮎川の雄の力強さが僕を一気に快楽の絶頂へと追い立てていき、気づけば僕は今まで以上に高く声を上げ、彼の身体の下で身悶えていた。

「あっ……はぁっ……あっ……あっ……あっ……」

頭の中が真っ白になり、もう何も考えることができなくなった。下肢を襲う快感の大きさを受け止め切れなくて、僕は意味のない言葉を叫び、両手を振り回してしまっていた。

「やあっ……あぁっ……あん……あっ……あっ……」

「トモ……」

やはり息を乱した鮎川に名を呼ばれ、飛びかけた僕の意識は一瞬戻りかけた。

「トモ……」

鮎川が激しい突き上げはそのままに、ゆっくりと身体を落としてくる。僕はたまらず彼の背に両手を回し、ぎゅっと両手両脚でしがみついてしまっていた。

「あっ……あぁっ……あっあっあっ」

鮎川の動きが一段と速まり、最も奥底に彼の雄が打ち込まれたと思ったとき、鮎川が大きく息を吐き出し、僕へと覆いかぶさってきた。

「あ……っ」

達したのだ、と思ったときには、僕も絶頂を迎えていた。精液を二人の腹に撒《ま》き散らしてしまった僕に、鮎川が目を細めて笑いかけてくる。

「……トモ……最高だよ……」

「……やぁ……ん……」

鮎川に唇を塞がれるとき、激しく互いを求め合った名残のように自分の後ろがひくひくと蠢き、僕に声を上げさせた。

「……可愛い……もう、離したくないな……」

くすりと笑った鮎川が、ぎゅっと僕の身体を抱き締めてくる。

「……ボス……」

離れたくないのは僕も一緒だった。僕の唇をそっと唇で塞ぐ鮎川の背に回ったままになっていた両手と両脚にぎゅっと力を込めると、鮎川はわかっているというように微笑み、優しいキスを僕の唇へと落としてきたのだった。


結局その夜、僕たちは互いに数え切れないくらいの絶頂を迎え、最後には僕は殆ど意識を失うようにして鮎川の胸に倒れ込み、そのまま眠ってしまった。

翌朝、かなり早い時間に松本が訪ねてきたとき、僕は満足に起き上がることもできず、鮎川もけだるさを引き摺っているような顔で応対したものだから、

「お前らなあ」

松本は何があったか察したようで、ソファに蹲る僕と、だるそうにコーヒーを啜る鮎川を見て呆れたように溜め息をついた。

「せっかく人が捜査の報告に来てやったのによ」

「だからこうして温かく迎え入れ、話を聞こうとしてるんじゃないか」

ねえ、と鮎川が僕に微笑んでくるのに、僕はなんと答えたらいいかわからず、

「すみません」

と思わず松本に謝ってしまった。

「いや、俺に『すまない』ことはねえが」

松本は肩を竦めると、ポケットから手帳を出し、昨日の逮捕後の動きを僕たちに説明してくれた。

やはり飯塚代議士に金城建設は金を渡していた。社長からの指示だったが、実際に動いたのは三上取締役だった。

そもそも三上から社長に、飯塚代議士への献金を提案したらしい。社長と飯塚は同郷、同窓とはいえそれほど親しい間柄ではなかったのだそうだ。

官公庁物件の融通がかなり利くようになると言われ、実際甘い汁を吸えるようになると、社長も飯塚への献金に乗り気になったのだが、派手に金を動かしすぎ特捜に気づかれてしまった。それで今回、その捜査の目をくらますために、実際金の出し入れをしていた僕の叔父、

竹内総務課長にすべての罪を被せることにしたのだという。

三上は飯塚に賄賂を渡しながら、自分の懐をも温めていた。社長は一回につき一億渡しているという認識であったが、実際飯塚に渡った金は五千万で、一千万を口止め料として僕の叔父に、五百万を中本に渡し、残りの三千五百万は三上が隠匿していたのだという。三上はもともと、次期社長の座を狙っていた。横領がばれるとこれ幸いと社長に引責辞任させられてしまうだろうと、義兄である飯塚に相談、二人してそれぞれ僕の叔父と自分の秘書に罪を被せるという計画を練ったのだという。

「……なるほどね……」

話を聞いていた鮎川は痛ましそうな顔をして頷き、松本も、

「まあ姫井はいいとばっちりだったってことだ」

とやはりやりきれない顔をして頷き返した。

「あの……」

「なんだい？　トモ」

だいたいの話はわかったが、僕には解けない疑問があった。

「三上たちは叔父を拉致してどうするつもりだったんでしょう。まさか殺すつもりだったんじゃ……」

「……まあな。はっきりしたことはわからねえが」

松本はもそもそと喋り始めたが、それは僕にショックを与えない言葉を探しているからだとわかった。

「多分、口を封じるつもりだったんだとは思う。だが同じように口を封じた姫井の死因を警察が自殺と断定しなかったもので、躊躇ってたんじゃないかと思うぜ」

「やっぱり……」

そうだったのか、と俯いた僕の耳に、鮎川の寂しげな声が響いてきた。

「姫井も死ぬ前に役に立ったってわけか」

「ボス……」

「なんでそんなこと言うんだよ」

ふう、とついた溜め息のやるせなさに僕が顔を上げたのと、松本が尖《とが》った声を出したのが同時だった。

「ああ……」

鮎川が松本を見たあと僕を見て、少し困ったような顔をして笑った。

「鮎、何が言いたい？」

「姫井は自殺だった……それがわかったのさ」

「なんだって？」

鮎川の言葉に、僕も松本も驚き、思わず彼へと駆け寄ってしまった。

「おっと」

ふらついた僕の身体を鮎川が手を伸ばして支えると、そのまま後ろから僕を抱き締め、自分の膝へと座らせる。

「あの……」

松本の前で何をするんだ、と立ち上がろうとした僕は、鮎川が僕の肩に顔を埋めるようにして話し始めるうちに言葉を失っていった。

「……親父の力を借りて飯塚のボディガードとして潜り込んでわかった……姫井は飯塚の愛人だったそうだ」

「……愛人……」

松本が呆然とした顔で、僕の身体越しに鮎川を見て呟いた。僕も驚いたが、何も口をはさむことはできず、ただ鮎川の言葉の続きを待った。

「……姫井は飯塚に囲われていて、彼の言いなりだったそうだ。ボディガード仲間に聞いた。彼らはボスのプライベートにも立ち入れる立場だからね。飯塚がゲイでこの数年は姫井の美貌にメロメロになっていたと面白おかしく教えてくれたよ」

「……それで？」

松本が抑えた声で問いかける。

「……いくら僕たちが自首しろと言っても聞かなかったわけだとわかった。姫井は本気で飯塚に惚《ほ》れてたんだろう。僕が彼を逃がしたあと、姫井は一度だけ飯塚の屋敷に現れ、飯塚に言われてどこかへ姿をくらましたのだそうだ。そして彼の死体が発見された……ボディガード仲間もあれは自殺だと言ってたよ。実際、遺書もあったんだそうだ」

「遺書……」

松本が驚いた顔になる。

「……どうしたんです？」

思わず僕は彼の驚きようが気になり、そう問い返してしまっていた。

「いや……どこを探しても遺書は発見されなかった。一体どこに……」

「どうやら飯塚が握り潰《つぶ》したらしい。自分にまずいことでも書かれてたんだろう」

鮎川が顔を上げ、松本を見上げたのがわかった。

「そうか」

「本当にあいつは昔から……どうしようもない男に惚れる、馬鹿だったな」

「鮎……」

涙を堪えているような鮎川の手が、僕の腹のあたりで震えている。たまらず僕はぎゅっと彼の手を両手で握り締めてしまっていた。

「トモ……」

驚いたように鮎川が、肩越しに僕の顔を覗き込んでくる。

「……泣かないでください……」

「馬鹿だな、泣いてるのは君だろう」

くす、と笑った鮎川が、ぼろぼろと涙を零していた僕の顔に額をつけて笑った。

「……まったくもう、朝からいちゃついてんじゃねえよ」

松本がわざとらしい明るい声を出し、鮎川の頭をどつく。

「痛いなあ」

「まあ、竹内課長は贈賄や横領に手を染めちゃいたが、反省の色が濃いからな、裁判官の心証はいいだろう。なにせ殺されかけたっていうのがでかいと思うぜ」

「……マコさん……」

「誰が『マコさん』だよ」

鮎川につられてついそう呼んでしまった僕に向かい、松本が、がう、と吼《ほ》えてみせる。

「だいたい俺を『マコ』なんて呼ぶ奴はこの馬鹿くらいだぜ」

「いいじゃないか。家族ぐるみの付き合いをこれからしていくにもさ」

「誰が誰の家族だよ」

馬鹿か、と松本は笑ったあと、「ああ」と僕たちを見て笑った。

「なるほど、お前らが家族か」

「そう。今日からココはスイートホームだ」

「ええ？」

ぎゅっと僕の身体を鮎川が抱き締め、頬に頬を摺り寄せてくる。

「ちょっと……」

「まったくもう、見ちゃいられないぜ」

松本は呆れて両手を挙げると、「それじゃな」とそのまま出口へと向かっていった。

「あの……」

立ち上がって彼を見送ろうにも、鮎川ががっちりと僕を抱き締めていて身動きすることもできない。

「お幸せにな」

「マコにもベターハーフが現れますように」

「ほっとけ」

鮎川が笑顔で叫んだのに松本は凶悪な顔で答えると、「お邪魔虫は消えるぜえ」などと言いながら事務所を出ていってしまった。

「トモ……」

バタン、とドアが閉まったあと、鮎川が僕の名を呼んだ。

「……なに？」

「……抱き締めてもらえるかな」

鮎川が身体を返した僕の胸に顔を埋め、低くそう呟いてくる。

「……はい……」

その背にしっかりと両手を回し、僕は鮎川を力いっぱい抱き締めた。

「……ありがとう……」

鮎川の声が胸から僕の身体全体に響いてくる。泣いているようなその声に、僕はなんだか自分の胸も熱くなるような気がして、更に強い力でぎゅうっと彼の身体を抱き締め、彼の耳に唇を寄せた。

「ボス……」

「なに……？」

顔を上げずに鮎川が僕に問い返す。

「……ずっとここにいてもいい？」

「……トモ……」

僕の言葉に鮎川は驚いたように顔を上げ——涙で潤む瞳を細めてにっこりと微笑み返してくれた。

「今日からここがトモのスイートホームだよ」

「うん……」

再び僕の胸に顔を埋める鮎川の身体を僕はぎゅっと抱き締める。

今日から始まる彼との新しい生活がこの先永遠に続きますように、いつまでも癒し癒される仲のまま、二人寄り添っていけますようにという想いを込め、僕は震える彼の背中を更に強い力で抱き締め、彼も僕の背を強く抱き締め返してくれたのだった。

こうして僕の新しい人生が始まることになった。

変装、とくに女装がウリという『鮎川探偵事務所』は昼間はなかなかに商売で繁盛しているが、時折キャロルやマコさん——松本が顔を出す夜も、わいわいと賑《にぎ》やかで楽しい雰囲気に満ち溢れている。

「トモ」

「なんです？　ボス」

すっかり互いの呼称にも慣れた今、僕はこの美貌の探偵の助手として、幸せとしか言いようのない満ち足りた毎日を送っている。

エピローグ

松本の事件手記より

飯塚代議士と金城建設の贈収賄事件の裁判が終わる頃、飯塚は病に倒れ還《かえ》らぬ人となった。葬儀も終わったあと、彼の貸し金庫の中から姫井の遺書が発見された。姫井殺害について飯塚は『知らない』一辺倒であったが、この遺書を示せばいいものを、なぜ大事にしまいこんでいたのかは謎である。

鮎川などはロマンチストであるから、『姫井の一世一代の愛の告白を利用するのは、さすがに気が咎めたのだろう』などと言っていたが真偽のほどはわからない。

ただそう思ってやることで、姫井の想いも少しは報われていたのだと思えるじゃないか、と言った鮎川の考えには、俺も全面的に同意する。

以下は姫井の残した遺書である。

『遺書』


私《わたくし》　姫井宏次《こうじ》は、自らの犯した罪を悔い、命を絶つこととします。

金城建設より贈賄の名目で送られた金五億円を着服し私服を肥やしていたのは私です。

すべては私一人の責任においてなされたことで、飯塚先生は何もご存じないことです。

先生にご迷惑がかかることが予測される今、こうして死んでお詫《わ》びをしようと思いました次第です。


飯塚先生と過ごした毎日は私にとって至福のときでした。

心より敬愛する先生を思いながら死んでゆく私はまた、幸せ者かもしれません。


世間に、そして先生にご迷惑をおかけいたしましたこと、心よりお詫び申し上げます。

先生の今後ますますのご発展を心より祈っております。

姫井宏次

飯塚　卓《すぐる》　様

『遺書』


申し訳ないが俺は死ぬことにした。

骨を折ってくれた二人にはお詫びのしようもないが、所詮こういう男だったと諦《あきら》めてくれ。

お前たちの友情には感謝してもしきれないものがある。

でも俺はどうしても生き続けることができないのだ。

警察の厳しい捜査に口を割らない自信がない。もともと俺は弱い人間だ。それは付き合いの長いお前たちが最もよく知っていることだと思う。


死ぬなとは言わないでくれ。

愛する人が俺の死を望んでいる。それが俺の死の理由だ。


お前たちと出会えてよかった。

この先、お前たちの幸せを祈っている。俺のことなどすぐに忘れるように。

それじゃあ。

不真面目な遺書ですまない。でも、『遺書』なんて書いたことがないからな。書き方がわからないんだよ。

鮎川　賢《まさる》様
松本　誠　様

姫井宏次

追伸

鮎川、逃がしてくれたのに結局お前の信頼を裏切ることになってしまった。すまない。

あとがき

はじめまして&こんにちは。愁堂れなです。

この度は三十六冊目のルチル文庫となりました『裏切りは恋への序奏』をお手に取ってくださり、どうもありがとうございました。

本書は二〇〇五年にアイノベルズから発行されたノベルズの文庫化となります。(有)雄飛の倒産で絶版となっていたものを、こうしてまた皆様にお読みいただくことができるようになり、大変嬉しく思っています。文庫化してくださいましたルチル文庫様、本当にどうもありがとうございました。

攻の女装を書きたい！　という無謀な試みから考えたお話でしたが、個人的には大好きな作品です。

いきなり事件に巻き込まれることになった、見た目学生の可愛い社会人と、謎？　の女装探偵の、二時間サスペンス調の本作を、皆様に少しでも気に入っていただけたらこれほど嬉しいことはありません。

今回イラストをご担当くださいましたサマミヤアカザ先生、麗しく、そして可愛らしい素敵な二人を本当にどうもありがとうございました。ご一緒させていただけてとても嬉しかったです。

また、担当のO様をはじめ、本書発行に携わってくださいましたすべての皆様に、この場をお借りいたしまして心より御礼申し上げます。

最後に何より本書をお手に取ってくださいました皆様に御礼申し上げます。

私が子供の頃、土曜ワイド劇場でよくやっていた天知茂さんの明智小五郎シリーズ、ペリペリと首のあたりから変装をとくシーンが大好きだったのですが、そんな感じの（どんな感じなんでしょう・笑）本作、いかがでしたでしょうか。

お読みになられたご感想をお聞かせいただけると嬉しいです。心よりお待ちしています。

次のルチル文庫様でのお仕事は、来月『たくらみシリーズ』の四作目を発行していただける予定です。こちらもよろしかったらどうぞお手に取ってみてくださいませ。

また皆様にお会いできますことを切にお祈りしています。

平成二十四年七月吉日

愁堂れな

（公式サイト『シャインズ』http://www.r-shuhdoh.com/）

✦初出　裏切りは恋への序奏……………アイノベルズ「裏切りは恋への序奏」
（2005年2月）

愁堂れな先生、サマミヤアカザ先生へのお便り、本作品に関するご意見、ご感想などは
〒151-0051 東京都渋谷区千駄ヶ谷4-9-7
幻冬舎コミックス　ルチル文庫「裏切りは恋への序奏」係まで。

幻冬舎ルチル文庫

裏切りは恋への序奏

2012年8月20日　第1刷発行

✦著者	愁堂れな　しゅうどう れな
✦発行人	伊藤嘉彦
✦発行元	株式会社 幻冬舎コミックス 〒151-0051 東京都渋谷区千駄ヶ谷4-9-7 電話 03(5411)6432［編集］
✦発売元	株式会社 幻冬舎 〒151-0051 東京都渋谷区千駄ヶ谷4-9-7 電話 03(5411)6222［営業］ 振替 00120-8-767643
✦印刷・製本所	中央精版印刷株式会社

✦検印廃止

ISBN978-4-344-82590-1　C0193　Printed in Japan